ちょっといい話'S in 群馬

弓岡 宗治

目次

まえがき

今回ここに掲載させて頂いた五つの話は、筆者である私（弓岡宗治《ゆみおかそうじ》）が実際に群馬県内で聞いたり体験したりした話を基《もと》にアレンジを加えてオムニバス形式で書き綴《つづ》ったものです。群馬県の方々及びその気質を御存知の方であれば、きっと「うん、ありそうだ」と頷《うなず》かれることでしょう。

今の世の中は、県の内外を問わず殺伐としたニュースや不快な出来事が多いですが、読者の方々には少しでも笑顔と元気を取り戻して頂きたい。それがこの本を出版させて頂いた私の本心です。

ちょっとした時間潰しに手に取って頂けると幸いです。

令和二年七月

弓岡　宗治

ちょっといい話'S in 群馬

チョコレート　～お相互《たが》い様

二月に入り、ここ群馬県も一年の内で最も寒い時期を迎えていた。

高崎駅から徒歩で十分程の場所にある二十台程の車を駐《と》めることが出来る月極《つきぎめ》駐車場『パーク・アイダ』が相田要平《あいだようへい》の職場だった。

その日も朝八時前に自転車で職場へ来ると要平は六畳一間程の広さの事務所の鍵を開け、暖房を付けラジオのスイッチを入れると室《へや》の角《すみ》の道具箱から清掃《そうじ》用具を取り出し、事務所内の清掃を始めた。二台しかない事務机を雑巾《ぞうきん》でふき、床を箒《ほうき》ではき、集めたゴミをチリ取りで集めると表のゴミ箱に捨て、続いて外用の箒で事務所の周囲の清掃をした。

ひと仕切り清掃を終えると要平は用具を片付け、少し暖かくなった事務所へ入り、インスタントコーヒーを入れ、椅子に腰をかけた。

窓から見える景色、空は晴れていたが厚手のコートをはおり背中を丸めて足早に歩くサラリーマンや赤い上着を着て頬《ほほ》を赤くして白い息をはきながら自転車をこぐ女子高生達が通り行くのが見えていた。

マグカップのコーヒーをひとすすりし、ラジオから聞こえる朝のニュースに耳を傾けながら、要平は今朝《けさ》の上毛《じょうもう》新聞を机の上に拡げて目を通し始めた。

「…あっ玉村の健《たけし》の親父《おやじ》さん亡くなったんだ。もう長く入院してるって言ってたもんな…。九十歳か、※『新生活《しんせいかつ》』持っていかないとなぁ…」

「ふぅん、駅の東口にまた大きな建物が出来るのか…」

「…また振り込め詐偽《さぎ》の被害か…沼田の女性が、四百万も…」

そんな独《ひと》り言《ごと》を呟きながら、要平はもうひと口《くち》コーヒーをするとまた窓の外へ目をやった。

「俺ももう六十過ぎだもんな…、そろそろ後《あと》の事も考えないとな…」

後の事―、それは勿論自分自身の終活《しゅうかつ》の事だった。要平は三歳下の妻との間に二人の息子が居たが、その二人はそれぞれ独立して所帯を持って東京に住んでいた。妻は要平と同居していたが、余り外へ出るのを好まず極限《ごく》られた近くの奥様達数人のみと会っているようだった。今は駐車場となっているこの場所で要平の父の代までは小さな商店をやっていたが、父が亡くなるのを期《き》に店を閉め、今に至《いた》っていた。
〃ここも俺が死んだら、売却して分けるんだろうな…。息子達も今更《いまさら》群馬《こっち》に戻って来る事も無いだろうし…〃
そう思うと要平は何とも言えない淋しさを感じた。
〃俺の今までの人生、この六十年って一体何だったたんだろう…？　地元《じもと》の学校を出て、地元の会社に勤め、退社したら親父が亡くなって…。まぁこの場所だから駐車場もそこそこ借り手が居るから喰《く》うに困る訳じゃないけど、何だかつまらないなぁ…〃
要平は趣味というものを持たず、毎日この小さな事務所へ来て『駐車場の管理人』という肩書で清掃をした後は大人しく読書をするかラジオを聞いて一日を過ごすという日々を送っていた。数年前に息子の勧めでパソコンを事務所に入れてはいたものの、元来《がんらい》アナログ人間であった要平には余り興味をそそられるものではなかった。
壁の時計は八時三十分を指し、しばらくボーッとしていた要平だったが、やがて腰を上げ机の後ろの本棚に手を伸ばした。

「昨日の続きでも読むか…」

要平が一冊の文庫本を手に取り、椅子に座ろうとした時だった。

「あのっ、すみません！」

そう言いながら事務所の入り口のガラス戸を勢いよく開けて、ひとりの若い女性が入って来た。

「えっはい。どうかしましたか？」

要平が見るとその女性は肩に鞄を掛けたまま、酷《ひど》く慌《あわ》てた様子で呼吸を乱しながら悲しそうな顔で要平を見返していた。

「一体どうされたんですか？」

要平がその女性に近付くと女性は取り乱したまま口を開いた。

「あ、あの私、ここの駐車場のAの14を借りてます下山、下山美香《しもやまみか》なんですけど…。今、あの、隣の車にぶつけちゃったんで…、その、その…どうしようかと思って…」

「えっ本当ですか？　どこです？」

「あの駐車場の左の奥です…」

　要平が下山に案内されてその場に行ってみると、そこは駐車場の東側の奥から三番目の場所で、下山が乗って来たと思われる真新《まあた》らしい赤い軽車両が斜めに駐められたままになっていた。

「あぁ、これですか…」

　要平が腰をかがめて覗《のぞ》き込むと下山の車の左後ろのバンパーが少し凹《へこ》み、相手の車の白い塗料が付いており、反対にぶつけられたと思われる白い軽車両の右前のバンパーにも赤い塗料が付き、擦《こす》ったような細かい傷がついていた。

「…あの、私、まだ免許取って半年程で…、もともと車庫入れは苦手《にがて》で…、それに今日は朝から会議があるんで、その用意もしないとなんで急いでたんですが、それで…」

　下山は相変わらず落ち着かない様子だったが、二台の車の傷を確認すると要平は立ち上がり、優しい目を下山に向けた。

「まぁこの位の傷なら大丈夫だと思いますよ。それに相手の車を見て下さい。この傷以外にもあっちこっち擦った傷がいっぱいですよ」

「…そ、そうですか…」

下山が改めて相手の車を見ると確かにバンパー以外にも側面や後ろに細かい傷がかなりついていた。

「でもぶつけたまま知らん顔をする訳にはいかないんで、相手の方に連絡しますんで、一度事務所へ戻って下さい」

二人は事務所へ戻り、要平は暖房機の近くの椅子を下山に勧めた。

「あっ、ありがとうございます」

下山はその椅子に腰をかけたが、まだ落ち着かない様子だった。

「そんなに心配されなくても大丈夫だと思いますよ。今、相手の方へ連絡しますから、ちょっと待って下さいね」

そう言いながら、要平は駐車場の契約者のリストを手に取り調べ始めた。

「えっと、あなたがAの14番の下山さんですよね。隣のAの15番は白い軽でしたね。…あっこの人だ。川上和子《かわかみかずこ》さんだ。…えっと携帯電話の番号は…」

要平は、ぶつけられた白い軽車両の持ち主川上和子の携帯電話の番号をメモすると早速《さっそく》電話をかけた。

八回、九回、十回と相手の電話のコール音は鳴っていたが、川上が出る事はなかった。

「…う～ん、だめだ。川上さんが出てくれませんね」

十二回目のコール音を聞き届けると要平はそう言って受話器を置いた。

「…あの、私どうすればいいですか？　警察に連絡しなくてもいいんですか…？」

下山は相変わらず不安そうだった。

「あぁ川上さんはうちの駐車場をもう五年以上も使ってくれてるお客さんで、私もよく知ってる人ですよ。物事にこだわらないカラッとした性格の人ですし…、確かすぐそこの鈴丸《すずまる》デパートの地下で働いてるんですけど、あの人だったらあの程度の小さい傷でどうこう言う人じゃないですよ。だから安心して下さい。…あっ温かいコーヒーでも入れましょうか？」

「いえ、結構《けっこう》です。私、これから…」

下山は時計を気にしていた。

「あっそうか、朝から会議だって言ってましたよね。それじゃ私がこの事は川上さんに伝えますよ。その後で当事者のお二人が揃《そろ》って現場を確認してもらって、話をして頂いた方がいいと思いますんで」

「そうですか、でもそれじゃあ悪いですよ。私が居無いと…」

「大丈夫ですよ。それにこんな事も管理人の仕事ですから。私が川上さんと話をして…、そうだなぁ、出来れば今日中に会ってもらった方がいいんだけど…。あなたの会社の会議は何時頃に終わるんですか?」

「今日の十時から十二時までの予定です。長引くような事があっても一時には終わると思います。その後《あと》でしたら。私もここへ来られますけど…」

「分かりました。それなら私が川上さんと話をしてみます。その後で下山さんに連絡を入れますよ。一時以降なら大丈夫ですね?」

「はい。それでお願いします。申し訳ありませんが宜しくお願いします」

そう言うと下山は立ち上がり、頭を下げるとそそくさと事務所を出て行った。

その後、要平は何度か川上の携帯電話に電話をしたが、コール音は鳴るものの川上本人が出る事はなかった。

〝おかしいな、今日はお休みかな…？　いやそんな筈《はず》はない。ここに車を駐めているって事は、出勤している筈だ〟

十二時少し前になって、やっと川上がコールに応じた。

「誰《だれ》っ、さっきから何度も⁉　この忙しいのに！」

それが川上の第一声だった。

「あっ私、『パーク・アイダ』の相田ですけど、お忙しい所すみません。川上さんですよね？」

「えっ相田さん？　…あぁ駐車場の。何か用？」

「ええ実は川上さんの隣に駐めてる方が、川上さんの車にぶつけちゃったんですよ」

「えっ私の車に⁉　酷《ひど》いの？」

「いえ、大した事は無いんです。お相互《たが》いのバンパーが擦った程度なんですけど——」

「だったら構《かま》わないわよ。見た通り私の車は傷だらけだから、今更《いまさら》傷のひとつやふたつ増えたって気にしないから」

群馬のしっかりした気質の女性らしく、川上の対応はあっけらかんとしたものだった。

「ええ、あの、そうかも知れませんけど、相手の方がとても気にしてらっしゃるんで、一度当事者同士が会って話をして貰った方がいいと思うんですよ」

「ええ、そうなの？　面倒臭いわね。相田さんの方で話しといてくれたら、それでいいわよ」

「いや、そういう訳には…」

「そう。…でも今、私忙しいんだけどね…」

「今日の午後とかで、少し時間を取って頂けませんかね？」

「う～ん、そうねぇ…、三時からなら少し休憩の時間が取れるけど…、その後だと閉店後だから七時近くになっちゃうわ」

「それじゃあ、三時にお願い出来《でき》ますか。その時間に相手の方にもここへ来るように言っておきますんで。現状を見て頂いて、お相互いが納得して頂ければ済む問題なんで手間《てま》もかからないと思います」

「ふぅん、そう。分かったわ。三時にそっちへ行けばいいのね」

「えぇお願いします」

およそ予想していた通りの川上の対応に要平は少し気持ちが軽くなった。そして、午後一時になるのを待って今度は下山の携帯電話に連絡をした。下山はコール音が三度もしない内に電話に出た。

「あっ下山さんですか？　駐車場の相田ですけど――」

「今朝《けさ》程はすみませんでした。相手の方に連絡はつきましたか？」

下山の不安はまだ拭《ぬぐ》いきれていないという事が電話口の要平にはすぐに分かった。

「えぇ思ってた通り『そんな事は気にしないわ』って言われましたけど、そういう訳にはいかないからって話をしまして、今日の午後三時にこちらへ来て頂く事にしたんですけど、下山さんは大丈夫ですか？」

「今日の三時ですか…、えぇ大丈夫です。そちらまでは歩いても五分程ですし、必ず伺《うかが》います」

「分かりました。それじゃお待ちしてます。…あぁ本当に相手の方は気にされてない様なので、手間もかからないと思いますよ」

「そうですか…、ありがとうございます」

〝これで良し。後は三時になって、二人で会って貰《もら》って『申し訳ありませんでした』『ああこんなのいいよ』って具合《ぐあい》で解決するだろう〟

要平はそんな具合に軽く考えて受話器を置いた。


三時五分前、先に事務所を訪れたのは下山だった。

「すみません、御面倒をおかけします。…お相手の方はまだ…？」

「ええすぐに見えると思いますんで、中でコーヒーでも飲んでいて下さい」

要平は下山を事務所に招き入れ、コーヒーの用意を始めた。

「…あの、お相手の方は本当に気にされてらっしゃらないんですか…？」

下山はまだオドオドとした様子だった。

「ええ大丈夫だと思いますよ。全然気にしてない様でしたし」

「そうですか…、こういう事故というか、隣の車に擦ったとかいうトラブルは以前にもあったんですか？」

「そうですね…、何年か前にあったかなぁ。その時は擦った方が知らばっくれたんで少し揉《も》めましたけど、一応《いちおう》警察に入ってもらったんで特に問題にはならなかったですよ。だから今回の件もきちんと当事者同士で会って貰おうと思ったんですよ」

「警察…、やっぱり警察に連絡して事故扱《あつか》いって事になるんでしょうか？」

「いやっそんな事は無いでしょう。お相互いが了承《りょうしょう》すれば、示談《じだん》って事でその必要は無いと思いますよ」

「そうですよね…」

「どうかされたんですか？」

「ええ、実は昔私の父が車で事故を起こした事があったんですけど、相手が…」

「暴力団か何かだったんですか？」

「いえ、そうじゃなかったんですけど、ろくに仕事をしてなかった人みたいで、後で家にまで来て『誠意を見せろ』とか言ってお金を要求されて、とても恐かったんですよ」

「へぇそんな事があったんですか。それで…」

「えぇ、それなんで今回の事もしっかりと話をして、場合によっては警察に入ってもらった方がいいのかなとも思ってるんですよ」

それを聞いて、要平はどうしてこの程度の事故でこれ程下山が不安に思っていたか、その理由が理解出来た。

「まぁ今回の件はそんな事にはならないと思いますんで、コーヒーでも飲んで落ち着いて下さい」

そう言って、要平は温かいコーヒーを下山に勧めた。

三時を十分程過ぎた時、川上が事務所へやって来た。

「今日《こんにち》は。相田さん居る?」

事務所のガラス戸を開け、入って来た六十歳近い細身の女性、川上の姿は白いエプロンと白い布巾《ふきん》を頭に巻き、今仕方《しがた》まで店頭に居たという格好だった。

「あぁお待ちしてましたよ。川上さん。こちらが隣に車を駐めていらした下山さんです」

要平に紹介されて下山は立ち上がり、川上に頭を下げた。

「下山です。今回は本当に申し訳ありませんでした。私――」

「あぁいいよ。私、今売場の方が忙しいのよ。お相互いの車を見て傷を確認すればいいんでしょう。早く行きましょう」

挨拶もそこそこに川上に急《せ》かされ、三人は現場に移動した。

「…あぁこれ？　こんなの傷の内に入らないじゃない。こっち見てよ、ほらそこ。こっちの傷の方が余程《よほど》大きいし目立つでしょう」

自分の車のバンパーの傷を見るなり、川上はそう言って笑った。

「確かに横の傷の方が大きいですね…」

要平も車の側面を見ながら頷《うなず》いた。

「ね～、この傷はさぁ、息子の嫁がつけたんだけどその言い草《ぐさ》がいいじゃない。『電信柱が車に近付いて来た』って言うのよ。笑っちゃったわよ私、ハハハ…」

「でも、バンパーには私が擦った傷が…」

申し訳無さそうに下山が口の中で呟《つぶ》やいた。

「何言ってんの。この車も十万キロ近く走ってるからボチボチ買い替えようと思ってたのよ。だから全然かまわないわよ」

ほぼ一方的な二人の会話だったが、それはおよそ要平の予想通りだった。

〝この分なら何事も無く済みそうだな…〟そう安易《あんい》に考えていた要平だったが、次の下山のひと言で場の雰囲気が変わった。

「いえ、困ります！　私にきちんとした形でお詫《わ》びをさせて下さい。そうでなければ警察に入《はい》って貰って――」

「警察？　何言ってるの。そんなの呼んで調べたりしてたら余計な時間ばっかりかかっちゃうじゃない。その方が私は嫌《いや》だよ。私、忙しいって言ってるでしょう！」

「そうかも知れませんけど、私はちゃんとした形ですっきりしたいんです」

「しつこい娘《こ》だね。私はいいって言ってるじゃない！」

「まぁまぁ、お二人とも喧嘩《けんか》してもらっても困るよ。こんな寒い所で話をしても何《なん》だから、一度事務所へ戻りましょう」

思ってもいなかった方向へ話が進んでしまったので、要平は二人をなだめて事務所へ入ってもらうことにした。暖かい事務所内で要平は机を挟んで向かい合わせの椅子に二人を座らせるとコーヒーを入れ、二人に差し出した。

「私、早く戻らないとまた上司《うえ》に怒られるのよ！　コーヒーなんか飲んでる場合じゃないのよ」

「いゃまぁ川上さんも一杯飲んで落ち着いて下さい。何とかお二人の気が済むように考えましょうよ」

川上の向かいに座った下山は無言のまま両手を膝《ひざ》の上に置いて今にも泣き出しそうな顔になっていた。

「さぁ、これを飲んで暖まって下さい」

「…すみません」

下山は要平の差し出したカップを手に持ち、川上は何かを考える様に左手を顎《あご》にあてたままカップを口に運んだ。

しばらく事務所はコーヒーの香りに包まれ静かだった。

「あの…、お金でなくても何か―」

そう言いかけた要平の言葉を遮《さえぎ》って川上が口を開いた。

「下山さんって言ったっけ、あなた歳《とし》はいくつ？」

「えっ…私は今、二十三歳ですけど…」

ふいな川上の質問に下山は顔を上げた。

「二十三歳。いいね若くて…。彼氏《かれし》とか付き合ってる男《ひと》は居ないの？」

「えっ、えぇ。今はそういう人は…」

「そう、彼氏は居ないんだ。…じゃあダメだね」

「彼氏が居ないと何がダメなんです？」

不思議そうな顔で要平が言葉を挟んだ。

「うん…、彼氏が居たらチョコを買って貰えるかなって思ったのよ…」

「チョコ…？」

「そう。ほら、来週バレンタイン・デーがあるじゃない。私、今デパ地下のお菓子売場にいるんだけど、今の売場長がうるさいのよ。『もっと売り上げを増やせ』ってね。ほら、ここの所デパートも色々大変らしいのよね。全体の売り上げが落ちてるみたいでさ」

「それじゃ川上さんにもノルマみたいのが有るんですか？」

「いや、ノルマって事じゃないんだけど、まぁ少しでも売り上げに繋《つな》がるかなって思ったんだけどね…」

「…あの、それで良ろしければ、私買わせて頂きますよ…」

「でも彼氏居ないんでしょう。それともお父さんにでも…？」

「いえ、そうじゃなくて、会社の同僚《どうりょう》の人達にです」

「あぁ『義理《ぎり》チョコ』って奴《やつ》でしょう。でも私が今売ってるチョコは割と高いのよ。義理チョコだったら、せいぜい五百円位でしょう。私のところは一番安いのでも千円位してるのよ」

「大丈夫です。会社からもお金が出ますんで」

「会社から…？　どうして会社が社員の義理チョコにお金を出すの？」

「うちの会社は社員の冠婚葬祭用として、毎月の給料から少し引かれて積み立てに廻《まわ》ってるんです。そのお金でバレンタイン・デーに男性社員全員にチョコを配るっていうのが毎年の恒例《こうれい》になってるんです」

「でも、そのお金をあなたが勝手に使っちゃまずいんじゃないの？　それに一人当《あた》りいくらとかっていう予算みたいなものがあるんじゃないの？」

「ええ勿論、例年だと一人当り五百円位ですけど足りない分は私がお支払いします。それとこれも恒例なんですけど、入社二年目の女子社員がチョコを買ってくる当番になっていて、実は私が今年その当番でどこで買おうか迷ってたんで、私もちょうど良かったです」

下山の顔が初めて明るくなった。

「本当かい？　そりゃいいや。私もその方がありがたいよ！　それで何個位買って貰えるんだい？」

「そうですね…、支店長から課長、係長が三名、営業部が…確か四名、経理部が三名…、その他に…」

下山は指を折って数え始め、川上も期待に満ちた顔でその答えを待った。

「大体《だいたい》、二十名位だと思います」

「そうかい、それじゃあその数分《かずぶん》は買ってくれる訳だね」

「えぇ、正確な個数は明日にでも連絡させて頂きます。…あっでも、会社の分と私の分の領収書は別にして下さいね」

「あぁ勿論、その位の事は出来るよ」

「でも、半分負担《ふたん》としたら、千円が二十個で二万円だから…、下山さんも一万円は自腹《じばら》って事になるよ」

そばで立ったまま二人の会話を聞いていた要平が口を挟んだ。

「それ位大丈夫ですよ。車の修理する事を考えたら随分《ずいぶん》安いでしょう」

「そ、そりゃそうだね…」

「あんた、見かけに寄らずけっこうしっかりしてるんだねぇ」

「えぇ、これでも経理部の人間ですから」

「あぁなる程。ハハハ…」

こうして二人の話の内容は、チョコの種類や金額の事となり、その後お相互いに携帯電話の番号を教え合った。

「それじゃ、私はお先に失礼しますよ。急いで二十個程の予約を取っておかないとなんでね」

そう言って川上は事務所を出て行った。

「ふうっ、何とか丸く収《おさ》まって良かったですね。一時《いちじ》はどうなるかと思いましたよ」

安堵《あんど》の溜め息をつき、要平は椅子に腰をかけた。

「ありがとうございます。みんな管理人さんのお陰です」

「いやいや私は自分の仕事をしただけですよ。最初からそんな大事《おおごと》になるとは思っていませんでしたけど、かえってお二人の気分がすっきりして私も嬉しいですよ」

「本当にありがとうございました」

下山は笑顔で要平に頭を下げた。

「あっでも、もう四時ですよ。会社へ戻ってもらわないと――」

「あっ本当だ。それじゃ私も失礼します」

下山は、そう言って立ち上がるともう一度要平に会釈《えしゃく》し、事務所を後にした。

「まぁ何にしても良かった…」

要平はそう呟やくともう一杯コーヒーを入れ、自分の椅子へ深々と腰かけた。

翌週、十四日の朝、要平がいつものように事務所とその周囲の清掃を終え、ひと休みしようとした時、入り口のガラス戸が開いた。

「おはようございます」

そこに立って居たのは、いつもの肩掛け鞄と大きな紙袋を持った下山だった。

「あぁおはようございます。これから出勤ですね」

「ええ、この間はありがとうございました。あの、これ…ひとつ受け取って下さい」

下山は紙袋から真っ赤な包装紙に包まれた小箱をひとつ取り出すと要平に差し出した。

「えっ、これってバレンタインのチョコレートですか？　いやいや、私が頂《いただ》く訳にはいかないでしょう。私は—」

「いいえ、管理人さんの分も買ってきたんで受け取って下さい。先日、私本当に嬉しかったんです。そのお礼です」

チョコを差し出す下山を断り切れず、要平はそれを受け取った。

「あっ、ありがとう。…でも女房以外の女《ひと》からバレンタインのチョコを貰うなんて何年ぶりの事かな…」

要平は照れ臭そうに頭をかき、その姿を見て下山も微笑《ほほえ》んだ。

「それじゃあ、私行ってきます。今日はこれを会社の皆さんに配るんで忙しいんです」

「そう。寒いから気を付けてね。チョコありがとうね」

「はい、行って来ます」

下山を見送ると要平は、早速《さっそく》机の上で包装を解き、箱を開けてみた。中には小石位の大きさのチョコレートがおしゃれな縁取《ふちど》りのまじ切りの中に九個入っていた。白い物、黒い物、まだら模様《もよう》の物、宝石のような形の物。

〝こんなチョコレートを食べるのは何年ぶりかなぁ…〟

そんな事を思いながら、要平はチョコのひとつを指でつまみ口に運んだ。その甘さと香り、風味は要平がしばらく忘れていたものだった。

「フフフフ…」

要平の口からは思わず笑《え》みがこぼれた。

終

※『新生活』とは群馬特有のしきたり。友人の親や町内の人等が亡くなった時に少額の香典を送る事。

寸借詐偽《すんしゃくさぎ》

～無垢《むく》なお婆ちゃん

十月になり、此所《ここ》前橋市の角《すみ》の町も日によっては赤城山から強い風が吹く季節となっていたが、そんな中、交番勤務二年目の竹内一郎《たけうちいちろう》は汗をかきながらひとり坂道を自転車で上っていた。

〝この坂の上にある加子《かこ》小学校の前の店へ行ったら、後は坂の下ばかりだから楽になる筈だ〟

そう自分に言い聞かせるようにペダルをこぐ竹内は、坂を上り切った所にある小さな駄菓子屋《だがしや》『斉田商店《さいだしょうてん》』の前に自転車を駐めると呼吸を整え、後の荷台の上の箱からバインダー付きの書類とボールペンを取り出し、店へと向かった。

「お邪魔します」

竹内が表のガラス戸を開けると古い木造住宅特有の臭《にお》いがただよい、色取りどりの駄菓子が並ぶ狭い店内は電灯に照《て》らされ明るかった。程無く奥から返事とともに五十歳を過ぎた位の女性が髪を整えながら出て来た。

「は～い、いらっしゃいませ。あら、お巡《まわ》りさん⁉」

制服姿の竹内を見て、その女性は驚いた顔を見せた。

「何かあったんですか？」

「いえ、そうじゃありません。定期の巡回訪問ですから、そんなに驚かないで下さい」

竹内は右手を帽子の角に当て笑顔を見せた。

「あぁ何だ、そうでしたか。御苦労様です。そこに座って下さい。今、お茶でも入れますんで」

「あっいえ、お構《かま》い無く。少しお聞きするだけで、すぐ失礼しますんで」

「でも折角《せっかく》来て頂いたのに、それじゃあ悪いですわ」

そう言うとその女性は手許《てもと》にあったガラス張りの冷蔵ケースから缶コーヒーを一本取り出し、竹内に薦めた。

「あっ、本当に結構ですから…」

「いいじゃないの。交番へ戻ってからでも飲んで下さい」

女性は半《なか》ば強引に缶コーヒーを手渡し、竹内も仕方無くそれを受け取った。

「それで、今日は何か調べる事でもあるんですか？」

「いいえ、巡回訪問ですから…。御家族、今此所《ここ》に住んでいる方に変更はありませんか？」

竹内は手にしていたバインダーを開きながら話を始めた。

「えっと…こちら、御主人が斉田健《たけし》さん、奥さんが良美《よしみ》さんですね？」

「はい、私が良美です」

「それから種子《たねこ》さん…、この方はお婆さんですか？」

「ええ主人の母、私の義理の母です」

「この方は、今居らっしゃいますか？」

「あぁお婆ちゃんね…、今入院してるんですよ」

「入院？　どうかされたんですか？」

「実はね、先週朝起きた時にベッドから落ちて、その時床《ゆか》に手をついたらしいんだけど、何《なに》せ歳で体が弱ってるでしょう。それでその時、左手首を捻《ひね》っちゃったらしいのよ」

「そうだったんですか、お気の毒に。それでどこの病院に…？」

「今、前橋の中央病院に入ってるんです」

「そうですか、大変だったんですね。…あと息子さんと娘さんが居らしたんですよね」

「あぁ息子の敬一《けいいち》は大学を卒業して、今は東京の会社に勤めてますよ。娘の由理《ゆり》は去年結婚して、今は太田に住んでます」

「そうですか、それじゃあ今、こちらにお住まいなのは三人ですね」

竹内は書類にペンで書き加えた。

「そうなのよ。今は年寄り三人だけで、お店《みせ》してってもろくにお客も来ないのよ。昔はそこの小学校の下校時間になると子供がいっぱい来てくれたんだけどね。本当に今は子供の数も減っちゃったし、若い者は皆便利な都会《まち》へ出て行くから、この辺《あた》りも年寄りばっかりなのよ」

「いや、まぁそうですね…」

竹内は苦《にが》笑いをするしかなかった。

「お巡りさんは若そうだけど、群馬《こっち》の出身？　今、誰所《どこ》に住んでるの？」

「えぇ、私の出身は渋川ですけど、今は前橋にある警察の寮に住んでます」

「あぁそう。独身なの？」

「ええ今の所は…」

「へぇそうなの。誰かいい女《ひと》は居ないんかい？」

矢継《やつ》ぎ早《ばや》に聞いてくる良美に竹内は閉口気味だったが、本来の目的を思い出し、気を取り直して話題を変えた。

「あの、すみませんが今日はそういう話をしに来たんじゃありませんので。…それで、近頃は何か変わった事とかはありませんか？」

「変わった事って…？」

「例えば、見慣《みな》れない男がうろついているとか…」

「そうね、そういうのは無いわね。他所《よそ》ではそういうのが出たりするの？」

「えぇまぁ、詳しい事は言えませんが、女の子が後をつけられたりとか、学校の帰りの子供が声をかけられたりとか…、時々ありますけど」

「う～ん、今の所そういうのは聞かないわね」

「そうですか、それならいいんですけど。…まぁ何かあったら交番に連絡して下さい。この巡回訪問カードを置いていきます。ここに交番の電話番号が書いてありますんで、何かあったら連絡して下さい」

竹内は印刷された一枚の用紙を取り出し、その日の日付を書きこみ良美に手渡した。

「あぁ、これね…」

「それじゃあ私は失礼します。お忙しい所ありがとうございました」

そう言って、竹内はまた右手を帽子の角に当て、立ち去ろうとした。

「あぁそう言えば、前に変な人が来た事があったかしら…」

「えっ変な人？　何かあったんですか？」

背を向けかけた竹内は振り返って良美の顔を見返した。

「え～っと、もう半年近く前だったかしら、…ほらっ表《おもて》にコーラの自動販売機があるでしょう。それに『お金を入れたのに商品が出てこない。お金も戻ってこない』っていう人が来てね…」

「ちょっと待って下さい。それって寸借詐偽《すんしゃくさぎ》じゃないですか⁉」

竹内の表情が変わり、良美に一歩近付いた。

「あぁでもね、別に被害があった訳じゃなかったんで…」

「えっ、どういう事ですか？　詳しく話して下さい」

竹内の態度が急変したので、良美は少し驚いたが気を取り直して話を始めた。

「…そう、えっと今年の暖かくなり始めた頃、四月だったと思うんだけど…、その日はね、私昼から用があって出掛けたんで、店番をお婆ちゃんに頼んでたのよ」

「その時にその寸借詐偽が来たんですね？　それでお婆さん、種子さんが対応したんですね。男でしたか？　年齢とか、どんな風貌《ふうぼう》だったかとか─」

「そういう事はお婆ちゃんに聞かないとなんだけど…、何でも昼過ぎに男の人が来て『昨日の夜、表の販売機でジュースを買おうと思って千円札を入れたのにジュースが出ない、千円も戻ってこないから金を返してくれ』って言われたらしいのよ」

「う～ん典型的《てんけいてき》な詐欺の手口ですね。…それでお婆さんがお金を？　…えっでも、さっき被害は無かったって仰《おっしゃ》いましたよね…？」

「そうなのよ。それが傑作《けっさく》なのよ。うちのお婆ちゃんは凄く人が良くってね、人を疑《うたが》うって事を知らない人なのよ。それで、その来た人に言ったらしいのよ。『それは大変申し訳ありませんでした。…でも店の事はみんな嫁《よめ》に任せておりまして、私には分からないんです。表の販売機の事も、その鍵《かぎ》がどこにあるのかさえも私は知りません』ってね」

「でも、それで相手は怒らなかったんですか？　もしくは『金を返せ！』とは言わなかったんですか？」

「それがね、お婆ちゃんここ何年か物忘れが多いから何かあったらすぐにメモを取るのを癖《くせ》にしてるのよ。それで、そこにあるメモ帳とペンを相手に差し出して『嫁が帰ってきましたら必ず連絡をさせますんで、ここにあなたの名前と電話番号を書いて下さい』って言ったらしいのよ」

良美は横の棚の上に置いてあったメモ帳を示した。

「名前と電話番号…」

「そう。そうしたら相手は渋い顔になっちゃって『じゃあ、もういい』って言って出て行ったらしいのよ」

「へぇ、そうなんですか…。成る程相手にしてみたら、その場でお金を取らないと意味が無い訳だし、まさか自分の本名や電話番号を書き残す筈《はず》は無いですからね…」

竹内はメモを取る手を留め、感心したように頷《うなず》いた。

「そうなのよ。だから特に被害は無かったんだけど、逆にお婆ちゃんの方が後になって、『お客さんに申し訳ない事をした』なんて言ってるのよ」

「へぇ、とことん人が良いんですね」

「そうなのよ、ホホホ…」

良美は手を口にあてて笑い、竹内もつられて笑顔になった。

「分かりました。それじゃあ、この件は被害は無かったという事で、特に報告はしませんので。…でも本当に何かあったら、さっきお渡しした用紙の番号へ連絡して下さいね。私達がすぐに駆《か》けつけますから」

「分かりました。それじゃ目に付くように、ここに貼《は》っておきます」

そう言って、良美は棚の脇に訪問カードをテープで貼り付けた。

「では、私はこれで失礼します」

竹内はまた右手を帽子の角に当てると店を出て行った。

書類を自転車の後ろの箱にしまい込み、その自転車で坂を下りながら竹内は何となく良い心持《こころも》ちになっていた。

〝そうか、人を疑う事を知らない無垢《むく》なお婆ちゃんの対応がかえって詐欺師を退散させたのか…。そうだよな、まさかメモ帳を渡されて本名や連絡先を書く筈は無いし、下手《へた》に手を出したり無理矢理お金を取ったりしたら、暴行や強盗と罪が重くなるばっかりだしなぁ、フフフ…〟

しかしその時、竹内はある事に気付いて自転車のブレーキをかけた。

〝そうだ！　この対応は店に来る寸借詐欺を退散させる最良の方法じゃないのか⁉

…前にも何件か同じ様な被害があった事も聞いている。店番をしているのは大抵《たいてい》年配者か女性だ。

確か被害に遭った店の人も『汚《よご》れた格好で疑わしかったけど、お金を返さないと何かされるかも知れないと思って恐かったから素直に渡した』って言ってたな…。

うん、そうだ！　この方法で相手に名前や電話番号を書いてもらって、数日後に電話をして、もし詐欺でなく本当に機械の故障とかで相手が本当の事を言っていたのなら、また店に来て貰ってお金を返せばいい訳だ。でもまぁ多分詐欺師だったら嘘《うそ》の番号を書くだろうから、他人に電話がかかってしまえば『すみません。間違えました』でいいんだから、特に誰に迷惑がかかる訳じゃないし、店への被害も防げる訳だ。そうだ！　この方法を店頭に自動販売機を置いている人達に教えてあげればいいんだ。うん、そうしよう！〟

その日の巡回を終え、交番に戻った竹内はこの事を上司の坂口《さかぐち》に相談する事にした。ひと仕切《しき》り黙って竹内の話を聞いた坂口は、頷《うなず》きながら口を開いた。

「うん、いい話じゃないか竹内君。私が今度の幹部会の席で今の話をしてみる事にするよ。寸借詐欺への対応には、その方法はいいね。特に難《むずか》しい事をする必要も無いし、メモ帳とペンを用意しておくだけだしね」

「ええお願します。私も少しでも詐欺の被害が減れば、お店の人達も喜ぶと思いまして」

「うん、確かにそうだ。いい所に気が付いたね。今後もその心掛けで頑張ってくれ」

坂口に肩を叩かれ、竹内も笑顔になった。


それから一ヶ月程が経《た》ち、昼過ぎに交番に務めていた竹内の所へパンフレットの束《たば》を手に坂口が現れた。

「竹内君、この間《あいだ》君が言ってた寸借詐欺への対応のパンフレットが出来たよ」

そう言って坂口はパンフレットの束を竹内に手渡した。

そのパンフレットは目立つ黄色の縁取《ふちど》りがあり、その中に大きく『すぐにお金を渡さないで!』『相手の名前や連絡先を聞いてメモをして!』などと書かれており、その下にイラストとともに説明文が綴《つづ》られていた。

「えっパンフレットがもう出来たんですか? 随分《ずいぶん》早いですね」

「うん、先日の幹部会の席で私が話をしたんだけど、その場に署長も見えてたんだが賛成してくれてね。すぐにその対応マニュアルのパンフレットを作るって事になったんだよ」

「そうだったんですか。それじゃあ、このパンフレットが市内に配られるんですね」

渡された真新《まあたら》しいパンフレットを手に竹内も嬉しそうに答えた。

「いや、市内どころか県内全域、いやもしかすると他県へも配られるかも知れないよ」

「そうなんですか。それで少しでも被害が減るといいですね」

「うん、そうだね」

二人は笑顔で頷き合った。

それから数週間後、今度は坂口が表彰状を持って竹内の居る交番へやって来た。

「竹内君、あのパンフレット思った以上に好評だったよ。それで今回、署長の特別表彰が出たよ。本来なら君のアイデアだから、君が手にするのが本当なんだろうけど、今回は此所《ここ》の交番に対してって事にして貰ったけど、それでいいよね？」

「ええ勿論《もちろん》です。それにあの対策は私が考えたんでなく、あの斉田商店の人を疑わないお婆ちゃんが偶然に取った対応ですしね」

「そうだったよね。それじゃあ、そのお婆ちゃんにお礼を言わないといけないね」

「ええ明日にでも行って来ます」

その言葉通り、翌日竹内は近くの店で買った菓子を手土産《てみやげ》に斉田商店を訪れた。

「今日は《こんにち》」

店頭で声をかけ、竹内が店に入ると奥から良美が出て来た。

「あら、この間のお巡りさん、今日はどうしたんですか？」

制服姿で紙袋を手にしている竹内を見て、良美は目を丸くした。

「今日はお婆ちゃんにお礼に伺《うかが》ったんです」

「お礼？　うちのお婆ちゃんに…？」

キョトンとした顔の良美に竹内は続けた。

「この間巡回でお邪魔した時、奥さんから話を聞かせて貰ったでしょう。ほら『表の自動販売機にお金を入れたのに出てこなかったから、お金を返せ！』って言って来た人にお婆ちゃんがメモ帳を渡して名前を書いて下さいって言った話ですよ」

「…あぁ、そんな事がありましたね。それがどうかしたんですか？」

「ええ実はあの話を私が上司に話したら、上司も良い対応だって賛成してくれて防犯用のパンフレットを作る事になったんですよ。しかもそのアイデアが素晴らしいって表彰までして貰ったんですよ」

そう言って、竹内は黄色い縁取りのパンフレットを良美に手渡し、嬉しそうに説明を続けた。

ひと仕切り竹内の話を聞くと良美も納得し、頷きながら笑顔になった。

「へぇそんな事があったんですか。それならお婆ちゃんを呼んで来なくちゃね」

「えぇお願いします。今日はそのお礼に伺ったんですから」

しばらくすると八十歳を過ぎていると思われる女性、種子の手を引きながら良美が戻って来た。腰を曲げてゆっくりとおぼつかない足取《あしどり》だったが、服装と髪をきっちりと整え、小ざっぱりした姿の種子を見て、竹内は『かわいらしいお婆ちゃん』という印象を持った。

種子は竹内の姿を見ると少し驚いた様子だったが、板の間に正座をし頭を下げた。

「いらっしゃいませ。お巡りさんが、今日はどんな御用でしょうか?」

「お婆ちゃん、ほら前にお婆ちゃんが表の自動販売機にお金を入れたけど商品が出てこなかったって言う人が来たって言ったでしょう。その事でね――」

傍《かたわ》らの良美が種子の耳許《もと》で、少し大きめの声で事の成り行きを説明した。

「…ふぅん。…うん、うん。…そう言えばそんな事がありましたっけね…？」

「お婆ちゃん忘れちゃったんかい？　その時のお婆ちゃんの対応が良かったっていうんでこんなパンフレットまで出来たのよ」

渡されたパンフレットを手にしても、種子は事の次第《しだい》が飲み込めぬようで首を傾げていた。

「とにかく、今日はその事のお礼で来ましたんで、これを受け取って下さい」

竹内が差し出した手土産《てみやげ》の菓子を目の前にしても種子はキョトンとした表情のままだった。

「…何だかよく分かりませんが、こんな物を頂《いただ》いては申し訳ありませんわ…。私は当り前の事をしただけですのに…。本当に悪いですわ」

「お婆ちゃん、謝《あやま》る事無いのよ。お婆ちゃんが正しい事をして、店《うち》も被害が無くて、それがヒントになってこうなったんだから」

「そうですよ。それに、このパンフレットを見た人達もきっと参考にして詐欺の被害も減ると思います。本当にありがとうございました」

「えっ詐欺？　詐欺って、あの方《かた》がそうだったんですか？」

「いえ、そうと決まった訳じゃありませんけど、調べてみたら確かに今年の四月頃に同じ手口でお店がお金を取られたっていう被害がこの辺《あた》りでも何件かあった様ですので、多分間違い無いと思います」

「そうだったんですか…。恐いわね、良美さん。うちも気を付けないとダメですよ」

「いや、だからお巡りさんがこういうパンフレットを作って持って来てくれたんでしょう。話がちっとも前に進んでないじゃないの」

「ハハッ、まぁ詳しい事は後で奥さんから説明してあげて下さい。今日はお礼に伺っただけですので、これで失礼します。どうもありがとうございました」

竹内は二人に向かって頭を下げると店を出て自転車に股がった。

交番への帰り道、竹内は何だか脇腹がくすぐったい様な不思議な心地良さを感じ、自然と頬《ほほ》が緩《ゆる》んでいた。

終

靴飛《くつと》ばし　～勇気をもらった

三月ももう終わろうかというその日、昼過ぎになって木村明《きむらあきら》は二階の自分の室《へや》からふらりと一階の居間へと下りて来た。

「あら明、今起きたの？　お昼はどうするの？」

「…別に腹《はら》減ってないし、どうでもいいよ…」

気遣う母親、光子《みつこ》に明は素《そ》っ気《け》無く答えた。

「でも何か食べないと身体《からだ》に良くないわよ。パンを焼いてあげようか？」

「う、うん…」

明は居間の椅子に腰を下ろすと机の上にあった新聞を手に取り、ぼんやりとその見出しを眺めていた。

「はい、お待ちどう様」

しばらくして光子が差し出したバターとイチゴジャムのついたトーストを明は無言のまま口へと運んだ。

「今日はこれからどうするの？」

「別に…、特に決めてないけど…」

明は光子を一瞥《いちべつ》すると、出されたコーヒーをひとすすりして視線を窓の外へ向けた。

外は良い天気だったが、少し寒そうだった。

「少しは運動もした方がいいわよ」

「うん…、そうだね…」

気の無い返事の後、コーヒーを飲み干すと明は無言のまま立ち上がり、また二階の自分の室へと戻って行った。

その後ろ姿を見つめる光子は言いかけた言葉を飲み込んで、卓《テーブル》の上に残った皿とマグカップの後片付けをするのだった。

室に戻った明は自分のベッドに横臥《たわ》り、天井を見上げながら思っていた。

〝こんなんじゃだめだ。こんな生活をしていたんじゃ、何の進歩も無い…。でも、いや、だから何かきっかけが欲しい…。もう一度気持ちを高ぶらせ、やる気を出させてくれるようなきっかけが！〟

しばらくぼんやりとしていた明の胸の中にモヤモヤとした残義《ざんぎ》の念が湧き起こってきた。

〝やりたい事も我慢して、眠る時間も削ってあれだけやったのに…、ひとつの大学も受からなかった…。そんなに高望《たかのぞ》みをした筈じゃなかったのに、何が悪かったんだろう…？　勉強の仕方か、もっとしなければいけなかったのか…？　俺の頭が悪いのか…？　それとも単に運が悪かっただけなのか…？

あぁきっとクラスの他の奴らは進学先の大学が決まっているだろうなぁ…。俺ももうひとつ位滑《すべ》り止めの大学を受けておけば良かったのか？　でもS大学よりレベルは落としたくはなかったしなぁ…〟

ひとりベッドの上で悶々《もんもん》とする明の目に窓の外を飛んで行く鳥の姿が入った。

〝鳥はいいなぁ、食べ物の事だけ考えて飛んでいればいいんだし…〟

明は大きな溜《た》め息《いき》をひとつつくと目を閉じた。

〝このまま眠ってしまって目が覚めたら、総てが夢だったらいいのに…、もしくはもう一度、受験前に戻れたら…〟

それでも明は眠気《ねむけ》など少しも感じてはいなかった。昨晩からずっと十時間近くも眠っていたのだから。

〝まだ充電中か…、でもいつまでもこんな事はしていられない。気分転換《てんかん》をしなくては！〟

明はベッドから起きると服を着替え始めた。白のポロシャツに薄茶色のセーター、緑色のウインドブレーカーを羽織り、ジーパンをはき、室を出て一階へと降りて行った。

「母さん、少し散歩して来る」

明はドアを少し開け、居間に居た光子にそう断った。

「そう…、夕飯までには帰って来てね」

「子供じゃないんだから分かってるよ。母さん」

心配そうな顔の光子に左手を向け制すると明は家を出て行った。

高崎駅までは歩いても三十分位、バスでも停留所は四つか五つ、駅周辺は商店が立ち並ぶ賑やかな場所だった。しかし、明はそちらの方面へは行く気になれなかった。あまり人と顔を合わせたくなかった。とり分け自分の同級生や友人とは会うのを避けたかった。

明は両手をジーパンのポケットに入れ、静かな住宅街を歩いた。早春の日差しが明の背中を暖めてくれたが、明の気持ちは冷々としたままだった。

〃あぁこのまま歩いて行くと安田《やすだ》の家の近くに行ってしまう…、あいつは大学へは行かず専門学校へ行くって言ってたっけ…。その少し先は北村《きたむら》の家か、あいつは私立の附属高校だったから、そのまま大学へ行くんだろうなぁ…。もう春休み、いや俺にとっては長い一年の休みか…、でもその間ずっと受験勉強をしなければいけない上に一年後には、また受験が待っているんだ…。

父さんや母さん達にも肩身《かたみ》の狭い思いをさせてしまっているんだろうか…〃

そんなとりとめも無い事を考えながら、気が付くと明は一時間近くも歩いており、自宅からも随分《ずいぶん》離れた郊外まで来ていた。

「フゥ――」

明はひとつ大きな溜め息をつき、改めて周囲を見ると少し離れた所に神社の赤い鳥居が目に入った。

〝あっここは小さい時に何度か来た事がある場所だ。この神社の裏に小さな公園があった筈だ。…確か小学三年の時に転校して行った片山《かたやま》君の家がこの近くだった。彼とはなぜか気が合って、何度かここで遊んだ事があった。彼はどうしたかなぁ…〟

明は神社の鳥居の前に立つと両手を合わせて頭を下げた。

〝来年こそは、きっと志望校に合格しますように…!〟

そして明は裏の公園へと足を進めた。午後の公園はガランとして誰も居無かった。中央の石造りの滑《すべ》り台、その先の砂場、青く塗られたブランコ、片隅の小さなベンチ。

〝当時はもっと広いと思ってたけど、こんなに狭《せま》かったかなぁ…。この滑り台も上に立つと随分高いと思ったけど…〟

明が手を伸ばすと滑り台の上の部分に手が届く程だった。

〝このブランコも当時は青じゃなくて、確か茶色だったかな…〟

明はそのブランコに座ると、遠い目をして当時の事を思い出していた。

〝あの頃は良かった。毎日友達と遊んで楽しかった。悩み事も無かったし、勉強で苦労する事も無かった。好きなだけ遊んで、食べて元気に走り回っていれば良かったんだ。それが許されていたんだ。…それが今は…〟

明は目を閉じ、左手で頭を抱え込むと視線を足許《あしもと》に落とした。

〝このまま下を向いていると、きっと涙が流れ出てくるだろうな…〟

そう思った明だったが、しばらくその顔を上げる事が出来なかった。

「お兄さん、どうしたの？」

「えっ…⁉」

声をかけられて明が振り向くと、いつの間にか、そこには車椅子に乗った子供とそれを押す少し年上らしい男の子が居た。

声をかけた子は小学校の五、六年生位、車椅子に乗った子は三年生位に見えた。二人とも着古《きふる》したようなセーターにジーパン、声をかけてきた子は紺色のジャンパーを羽織っていたが、それも薄汚れていた。その上、車椅子の子は身体《からだ》全体が右側に片向き、障害がありそうな事がすぐに見てとれた。

〝この子達は、どこの子だ…？〟

そう思いながらも明は、年上と思われる男の子の顔を見ながら答えた。

「う、うん、ちょっとショックな事があってね…、今、少し落ち込んでるんだ…」

「ふぅん、そうなんだ…。隣のブランコ空《あ》いてる？　乗ってもいい？」

「あぁいいよ」

それを聞くとその子は車椅子の前に立ち、そこに座っていた子の両脇に手をあてがい立たせようとした。

「ほらっ心介《しんすけ》、大丈夫か？　ちゃんと立ってみろ」

車椅子の子は、ささえられながらも左手で車椅子の手すりを握りしめ、弱々しく立ち上がり二、三歩ブランコに近付いたが、ブランコの鎖《くさり》を掴もうとしてバランスを崩し、前のめりに倒れそうになった。

「あっ危ない！」

とっさに明はブランコから立ち上がり、両手でその子を支《ささ》えた。

「…あ、…ありが…と…」

心介と呼ばれたその子は、苦しそうな声ではあったが、明に礼を言ってその顔を上げた。

「あぁすみません、大丈夫か心介《しんすけ》？　まだ無理なんじゃないか？」

「…だ、だい…じょぶ。ブラ…ンコ、乗る」

「このブランコに乗りたいのかい？　ほらっ足許《もと》に気を付けて」

明が手を貸し、その子をブランコに座らせるとその子は引きつった様な顔に笑《えみ》を見せた。

「ほらっしっかり鎖を掴めよ。俺が後ろから押してやるからな」

そう言うと年上と思われる子は、心介と呼ばれた子の後ろに回って、ゆっくりとその背中を押した。

「君の弟かい？　何だかとても具合が悪そうだけど、どうしたの？」

明は隣のブランコに座り直すと心配そうに口を開いた。

「…う、うん、ちょっと…」

その子は、それ以上答えず口をつぐんだ。

「何だか体に力が入らないみたいだけど病気かい？　前からそうなの？」

「……」

「どうして君がこの子の世話をしてるの？　なぜ——」

「いいでしょう！　放《ほ》っといてよ！」

ブランコを押していた子が突然大きな声を出したので、明は驚いて言葉を飲み込んだ。

「…ア、ダメ…。コワッ…」

「あぁごめん、ごめん。怒って悪かったよ。…うん、うん分かってるよ。この人は心配してくれてるのは分かってるよ」

ブランコに乗っている子の言葉が後ろから押している子には分かる様で、それが明の目には何とも不思議な光景に映った。

「すみません。急に大きな声を出して…」

その子は明の方に向き直って頭を下げた。

「…えっ、いや、僕の方こそ言いたくもない様な事を聞いてしまったのかな…」

「そうじゃないんです。…心介が可哀想《かわいそう》で」

「心介君…、可哀想…？」

「えぇ…、あっ僕は良介《りょうすけ》っていいます。こいつは弟の心介です。この公園のすぐ向こうに住んでるんですけど――」

良介が指《さ》す方には小さな公営住宅が多く建っているのを明は知っていた。

〝あぁ、あそこに住んでるのか〟

明は小さく頷《うなず》いた。

「…心介《こいつ》は、去年すぐそこの交差点で交通事故にあって、頭と背中の骨を折っちゃって…、それでこうなっちゃったんです…」

「えっ交通事故で！」

「ええ、それで…」

「アッ、アゥ…、ソレ、ダゥ…！」

心介は不自由な首を傾けながら、何か抗議《こうぎ》する様に声を上げた。

「あぁ分かってるよ。その事は言わないよ」

明は沈痛な心持ちになってきた。

「君達…、お父さんとお母さんはどうしてるの？」

「…母さんは、近くの工場の食堂で働いていて帰って来るのは、いつも八時頃です。父さんは…居ません」

「えっ居ないの、どうして…？」

「知りません…」

良介はそう言うと頭を垂《た》れた。

〝母子《ぼし》家庭で、身体が不自由な弟の世話をしているのか…、まだ小学生位なのに気の毒だなぁ…〟

明は眉間《みけん》に皺《しわ》を寄せて二人を見やった。

「君も大変だねぇ…」

「えっ大変？　どうしてですか？」

良介は驚いたように顔を上げた。

「だって、学校へ行きながら弟の面倒をみて…、自分のやりたい事をする時間が無いんじゃないの？」

「そんな事ないですよ。母さんは働いてるんだし、心介は僕の弟なんだから、僕が面倒をみるのは当り前でしょう。他に居ないんだから」

「…うん、そうかも知れないけど、君だって友達と遊んだり、勉強したりする時間が取れないいんじゃないの？　それに学校で虐《いじ》められたりしないの？」

明の言葉に、良介は不思議そうな顔を見せた。

「…虐《いじ》め…？　そう言えば以前《まえ》はそんな奴も居たけど…、今は居無いかな」

「ふぅん、学校の友達《みんな》も優しいんだ」

「うぅん、優しいっていうより、心介は事故にあう前はサッカーの選手だったんですよ。二年生で県の小学生の選抜にまでなって、学校でも人気があったんです。だから友達も『リハビリ頑張って、早く良くなれよ』って応援してくれるんですよ」

良介は嬉しそうな顔を見せ、黙ってブランコに乗ったままの心介の顔も心無《こころな》しか誇らしそうに見えた。

「へぇ、そうだったの！　二年生で小学生の選抜の選手か、それは凄いね」

明もつられて顔がほころんだ。

「お兄さんは、小さい頃に何かしてたの？」

「うん、僕は野球をしてたよ。隣町で少年野球のチームに入っていて、ポジションはセカンドかショート、打順は六番か七番だったかなぁ」

「ふぅん、もう止《や》めちゃったの？」

「うん、中学までは野球部だったけど…、やっぱり僕より上手《うま》いのが居たし、身体も大きい方でもないし、特に足が速かったとかいう訳でもなかったし…、て云《い》うか、やっぱり根性が無かったのかなぁ」

明は照れ臭そうに頭をかきながら、当時の事を思い出した。

〝そうだ、小学五、六年の時は、放課後に遅くまで練習して…、県の大会で準優勝したのは六年の時だった。準々決勝の試合では三安打して、決勝では桐牛のチームに四対三で負けたんだった。あの時は悔しかった。家へ帰ってからしばらく室《へや》にこもって泣いたんだった。…あの頃が懐かしいなぁ…〟

明は高い空へ目を移した。

〝あの頃は一所懸命だった。チームの仲間と一緒に野球に打ち込めた。肘《ひじ》や膝《ひざ》なんかもしょっちゅう擦《す》りむいたりしたけど楽しかった。ファーストをやってた中野《なかの》は確か高校でもやってるって言ってたなぁ…。ピッチャーだった土屋《つちや》は埼玉の私立高校へ行ったけど、まだ続けてるのかなぁ…。

そうだ、あの『オックス』のユニフォームも格好良かった。白地にブルーのラインが入っていて、ヘルメット、ベルト、スパイクもブルーで統一していて…〟

明は、ひとりほくそ笑んでいた。

「お兄さん、どうしたの？」

「う、うん。当時の事を思い出してたんだよ。…君達も地元《じもと》のサッカーチームに入ってるの？」

良介は首を振った。

「えっどうして？　だって心介君は県の代表にまで選ばれたんだろう？」

「…我家《うち》、そんなお金無かったから…」

「えっ、それじゃあどうして心介君は代表に選ばれたんだい⁉」

「…僕はたいした事無かったけど、心介はとても足が速くて、学校でサッカーをやったら凄く上手《うま》かったし、運動は何をやっても一番だったんです。それで先生が学校に話してくれて、それで特別に…」

「へぇ、そうだったのか。そりゃ増々《ますます》凄いね。ふぅ〜ん」

明は感心したように頷き、二人から目を離した。そして目の前の子供達と当時の自分の境遇《きょうぐう》を無意識の内に重ね合わせたが、次の瞬間ハッとした。

〝俺は…、俺がこの子達位の時、確かに野球に打ち込んでいた。いや、それが出来る環境だったんだ。身体も五体満足で、チームにも入れてもらって…、いや、あのチームのユニフォームやスパイク、ヘルメット一式《いっしき》で数万円はしていただろう。それを総て両親は何も言わずに買ってくれたんだ。俺はそういう環境の中で育ち、それが当り前だと思っていた。

それなのに…、この子達はどうだ…⁉　思い切りサッカーをやりたいだろうに、それも出来ずにいるのか…⁉　俺は、俺は何と恵《めぐ》まれた環境の中で育ってきたんだ！しかも今、浪人が決まった今でも浪人させてもらえる環境なんだ！　俺は、こんなにも親に、周囲《まわり》に甘えていたのか⁉〟

明は自分自身の情無《なさけな》さと後悔の念で全身が熱くなるのを感じ、思わず両手で頭を抱え込んでしまった。

「…お兄さん、どうかしたの？　頭が痛いの？」

良介はキョトンとした顔で首を傾《かし》げた。

「い、いや何でも無いんだ。ちょっと妙《みょう》な事を思い出しただけだよ…」

明は改めて隣のブランコに乗っている心介の姿を見つめた。すると心介の身体から何かオーラの様な物が出ている気さえした。

「…やっぱり、凄いね。君達は偉いよ。素晴らしいよ…」

「えっ、どうして僕らが凄いの？」

「だって心介君はこんな身体になっても何も諦《あきら》めてないし、まだまだ身体を治《なお》して選手として復帰しようと頑張ってる。それに君も今の状況を全然苦労とも思わずやっている。本当に素晴らしいよ…」

「…そうかなぁ…」

良介は思わぬ所で誉《ほ》められてはにかんだ。

「…アフッ、…コホッ…」

心介も嬉しそうな顔を見せ、動かせる左足をばたつかせた。すると心介が左足に履《は》いていたスニーカーがポロリと脱げ落ちた。

「あっ、ほら心介、だめだよ」

良介は心介の前にしゃがみ込み、スニーカーを履かせた。その姿を微笑《ほほえ》ましい表情で見ていた明は、ふと昔の事を思い出した。

「そうだ！　『靴飛《くつと》ばし』をやらないかい？」

「えっ靴飛ばし…、何っそれ？」

「こうやって、ブランコに乗ったまま自分の靴を遠くへ飛ばす遊びだよ。説明するよりもやって見せた方が早いかな」

そう言うと明はブランコに座ったまま鎖をしっかり掴み、ブランコを前後に動かし始めた。そして、勢いが付いた所で右足に履いていた靴を足の甲にひっかけ、タイミングを計ってポーンと足を振り切った。

しかし、明の履いていた黒い靴は縦に回転しながらほぼ真上に飛び、二メートル程先に重い音とともに落下した。

「あれ～、失敗したなぁ。前はもっと上手《うま》くいったのになぁ」

明はばつが悪そうにブランコを降りると、左足一本で歩きながら自分の靴を取りに行った。

「…それで、靴を遠くに飛ばせばいいの？」

「そうだよ。少しでも遠くへ飛ばした方が勝ちで負けた方が相手の靴を取りに行くのがルールだよ」

明は自分の靴を履き直しながら、良介に説明した。

「へぇ、面白そうだなぁ。でも心介には無理だね」

「そうだね、心介君にはまだ難しそうだから、良介君と僕でやろうか」

「うん、やろう!」

そう言うと良介は明の手を借り、心介を車椅子に座らせるとブランコに乗り勢《いきお》いをつけ始めた。明は心介を乗せた車椅子を少し後方へ下げ、言い含めるように心介に話しかけた。

「心介君も身体が治ったら、いっしょにやろうね。それまで我慢してね。今日の所は見ていてね」

「ウッ、ウン…ウッ」

心介も了解したように、小さく頷《うなず》いた。

「よ~し、行くぞ!」

その掛け声とともに良介は勢い良く右足を振りぬいたが、良介の履いていた青いスニーカーは地面を滑るように転がり、四メートル程の所で止まった。

「う~ん、案外《あんがい》難しいなぁ」

「そうだろう。やってみると割と難しいんだよ」

「もう一回練習していい?」

「あぁいいよ。その次から勝負しよう」

良介は自分の靴を履き直すと、もう一度ブランコに乗り勢いをつけ始めた。

「余り勢いをつけ過ぎてもダメなんだよ」

明は隣のブランコに座ったままアドバイスを送った。

「よ～し、今度こそ！」

そう言いながら良介は勢い良く右足を振ったが、今度はさっきの倍程《ばいほど》の距離まで靴は飛び転《ころ》がって止まった。

「うん、なかなか飲み込みが早いね。もっと飛ばせると思うよ」

「そうかなぁ、でもこの遊び思ったより面白いね」

ブランコを降り靴を拾いながら良介が答えた。

「よし、それじゃあ勝負だ。良介君、先にやるかい？」

「お兄さん先にやってよ。僕はもう一回よく見てるから」

「そう。それじゃあ僕が先攻だ」

明は二人が自分を注視している事を感じながら二回、三回、四回とブランコを前後させ勢いをつけると右足の靴をずらして足先にひっかけ『エイッ』とばかりに足を振った。

明の右足を離れた靴は鋭角を保ったままスピードに乗って飛び、向かいにあった植え込みのすぐそばまで飛んで転がって停止した。

「うわっ凄いね！　二十メートル近く飛んじゃった！」

「さぁ今度は良介君の番だよ。あの僕の靴より飛ばなかったら、君の負けだから靴を取って来るんだよ」

「う〜ん、あれより飛ばすのは難しそうだなぁ」

そう言いながらも良介はまたブランコに勢いを付け始め、明はブランコに乗ったまま靴の無い右足を左足の上に乗せ、余裕《よゆう》の表情で良介を見つめていた。

「ガン…、レ、ニイ、ニィ…」

車椅子に乗った心介も良介を応援していた。

「それっ‼」

掛け声とともに良介は右足を振り、靴はスピードに乗って飛んで行った。

『よしっ！』と良介はガッツポーズを見せたが、良介の靴は明の靴の四、五メートル手前に落ちて止まった。

「あぁ、だめだ。僕の負けだ～」

「はい、じゃあ約束だから僕の靴も取って来て」

「うん、分かった」

良介はブランコを降りると片足で自分の靴の所へ行き、それを履くと明の靴を手に持って戻って来た。

「ねぇ、もう一回やろう」

「あぁいいよ。じゃあ今度は良介君が先にやるかい？」

「うん、今度は僕が先にやるよ」

良介はブランコに乗るなり夢中で勢いを付け始め、車椅子の心介も後ろで目を輝かせて良介を見つめていた。

「え～い！」

良介の掛け声とともに靴は宙を舞い、先程よりもさらに飛んで行った。

「う～ん、なかなかやるね。また少し距離が伸びたんじゃないかな」

口ではそう言った明だったが、明には良介よりも自分の靴を飛ばせる自信があった。というのも先程靴を飛ばした時に子供の頃の靴を蹴り出すタイミングを思い出していたのだ。

「次はお兄さんの番だよ」

良介のその声と表情には自信すら感じられた。おそらく〝今度は自分の勝ちだ〟とでも思っているように明には感じられた。

「よしっ、じゃあ僕の番だ」

そう言ってブランコに勢いを付け出した明だったが、その時ふと思った。

〝余《あま》り向《む》きになるのも大人気《おとなげ》無いかな…、少し手加減《てかげん》してやろうかなぁ…〟

「よいしょっと！」

明の掛け声とともに宙に飛んだ靴は、また良介の靴よりも少し先に落ちて止まった。

「あ～っ、また僕の負けだ。悔しいなぁ」

「はい、じゃあお願いします」

余裕の表情で靴を指さす明を見やると良介は口をへの字にしながら二人の靴を取りに行った。

「もう一回やろう。僕が負けてばかりじゃ悔しいよ」

「いいけど…、何かハンデをつけようか？」

「ハンデって？」

「例えば僕は左足でやるとか、立ってやるとか…」

「う〜ん…、でもそれで負けたら余計に悔しいから、そのままでいいよ」

「そうかい、僕はどっちでもいいよ。…じゃあ今度は僕からやるよ」

明はまたブランコに勢いを付け始めた。

〝やっぱり少し手加減してあげないと可哀想《かわいそう》だなぁ…〟

そう思いながら明は右足を振ったが、予想した通り靴は前よりも大分《だいぶ》短い距離しか飛ばなかった。

「ニィ、チ…、カテ、カテ…ル」

「あぁ分かってるよ心介。今度はきっと勝てるぞ」

心介の応援に良介が答えた。

「よ〜し、今度こそっ！」

良介は、今までよりも強くブランコの鎖を掴むと地面を蹴って勢いを付け始めた。

〝応援してくれる弟の前で何度も負けられないぞ！〟良介がそう思っている事が、その表情から明には手に取るように分かった。

今まで以上に勢いを付け、ブランコの振《ふ》れ幅《はば》も大きく取ると良介は気を付けながら右足の靴を脱ぎ、足の甲に引っかけると意を決して思い切り右足を振った。

「あっ、だめだ！」と良介が口走ると同時に良介の足から離れた靴は縦に回転しながら、ほぼ真上へと飛んだ。そして、再び前に振られたブランコに乗っていた良介の頭にタイミング良く当たってしまった。

「痛って〜」

「ハハハハッ、大丈夫かい？　勢いを付け過ぎだよ。でも、こんなの初めて見たよ。遠くへ飛ばすより余程《よほど》難しいよ。ハハハッ…」

明は腹を抱えて大笑いし、後ろで見ていた心介も興奮気味に左手で車椅子のバーを叩きながら笑った。

「あぁ痛てて…」

　良介は靴が当たった所へ手をやり、恥ずかしそうな表情をしながら明の靴を取りに行った。

「ハハハッ、張り切り過ぎだよ。足を振るタイミングが悪かったね」

「う～ん、なかなか難しいなぁ。僕が負けてばっかりだ」

「でも心介君は今の君を見てあんなに喜んでるよ」

　二人が見ると心介は先程までには無かった明るい表情を見せていた。

「よ～し、それじゃあ、勝つまでやるぞ！」

「おいおい、気合を入れ過ぎて今度は後ろへ飛ばしたりしないでくれよ」

「大丈夫だよ。もう一回やろう」

　こうして二人の『靴飛ばし』は、その後三回、四回と続けられた。その間、良介は一度も明に勝つ事は出来なかったが、十分に楽しそうだった。また車椅子に座って見ていただけの心介もそれ以上に楽しそうな表情を見せていた。

明も久しぶりに身体を動かし、脇に汗を感じる程だった。また久しぶりに夢中になる楽しさを感じる事が出来た。

しかし、気が付くと周囲《あたり》は薄暗くなりかけていた。

「さぁ、そろそろ終わりにしようか。日も暮れかけてきたし」

飛ばした靴を取って戻って来た良介に明が話しかけた。

「えっ、もう止《や》めるの？」

「だってもうすぐ暗くなっちゃうよ。それに少し寒くなってきたし、二人とも風邪《かぜ》をひいたりしても良くないし…」

「う〜ん、そうだね…」

良介はもっと遊びたいという顔だった。また車椅子の心介も少し残念そうだった。

「また今度やろう。僕の家は少し離れた所だけど、時々こっちの方へも来るからさ」

明の口から慰《なぐ》さめとも取れる言葉が漏《も》れたが、明自身の気持ちは空《むな》しいものだった。

〝浪人が決まった以上、そうそうこの子達と遊んではいられないだろうな…〟

それが明の本心だった。

「うん、分かった。お兄さん、今日は遊んでくれてありがとう」

良介は晴々とした顔を見せたが、明は少し胸が痛む思いだった。

「僕の方こそ楽しかったよ。久しぶりに運動したら気分がとても軽くなったよ、ありがとう。きっとまたやろう。今度は心介君も身体を治して三人でやろう」

「うん、じゃあまたね」

「アリ、…アリガト、マタ…」

車椅子に座ったままの心介も笑顔を見せ、左手を上げた。

こうして車椅子を押しながら去って行く良介の後ろ姿を、明はブランコに乗ったまましばらく見送っていた。そして二人の姿が見えなくなると明は胸の奥から何か熱いものが湧《わ》き上がってくるのを感じた。

〃そうだ、あの子達はまだ小さいのにあんなに頑張っているんだ。俺も来年の受験に向けて頑張らなければならないんだ！〃

明は立ち上がると暗くなりかけていた空に向かって大きく背伸びをし、自宅へ向かって力強く歩き始めた。公園を出て、両腕を振り歩道を大股で歩きながら明は思った。

〝勇気を貰《もら》うっていうのはこういう事なのかなぁ…〟と。

終

万引

～罪の意識と…

夏の暑さもひと段落し、吹く風に少し秋らしい乾《かわ》きを感じ始めた九月の下旬、コンビニで買った唐揚《からあ》げ弁当を食べ、車の中で休暇していた野中純一《のなかじゅんいち》は腕時計に目をやり呟《つぶや》いた。

「もう一時か、そろそろ行くか…」

会社がリースで借りているクリーム色のカローラのバンのエンジンをかけながら、純一は助手席に置いていたファイルを開いた。

「…次は渋川の天田文具店《あまたぶんぐてん》か…、あそこは確か小柄なお爺さんのお店だったたなぁ…。前回は六月に訪問してるのか…、えっと前回の注文は…」

数ヶ月前に訪《おとず》れた次の訪問店とその店への道順を確認すると純一はファイルを助手席へ戻し、カーステレオからお気に入りの中島みゆきの曲をかけると車を発進させた。

国道へ出て、店までは三十分足らずだったが、その間に純一は何となく今までの自分の人生について考えた。

〝働くようになって、もうすぐ十年か…、俺も三十か…。しばらく実家へも帰ってないし、親の顔を見たのも今年の正月が最後だったかな…。俺もボチボチ色々な事を考えないとだなぁ…〟

純一は現在《いま》の会社・文房具の卸売《おろしうり》の会社―三光文具商会《さんこうぶんぐしょうかい》が四社目だった。純一は特に気が短いとか人付き合いが苦手《にがて》という訳ではなかったが、何事にも集中して一生懸命にやるという事が下手《へた》で、飽《あ》きっぽい性格だった。また、以前勤めていた会社が倒産したり、仕事が合わず体調を崩《くず》したりという不運も重なり転職を繰り返していたのだった。

『俺はこの仕事に向いてないのかなぁ』

それが純一の口癖《くちぐせ》にもなっていた。

『転石苔《てんせきこけ》むさずだぞ』真面目《まじめ》な公務員だった父親から言われた言葉が何故か思い出された。

〝俺だって真面目に働こうと思ってるんだけどなぁ…。でもまぁ、何と無く毎日働けて食べていけるなら、それでいいか…〟

純一はそんな事を考えながら、日々の生活を送っていた。

「あっそう言えば、次の天田さんの所は奥さんが亡くなったらしいなぁ…。でも確か塚田《つかだ》課長がお通夜《つや》に行ったって言ってたっけ…。

まぁ仕事には余り関係無いだろう。さっさと注文だけ聞いて次の店へ行こう」

純一は独《ひと》り言《ごと》を呟《つぶや》きながらハンドルを握り、やがて車は天田文具店に到着した。店の前の空き地に車を駐めると、純一は助手席に置いてあった営業用の鞄《かばん》とファイル、メモ帳を手に店へと向かった。

「今日は、三光文具です」

そう言いながら、純一は勢い良く表のガラス戸を開けた。

「あぁ、三光さんかい、御苦労さんだね」

八畳間程の広さの店頭には、ボールペンやノート、筆箱等が置かれたいくつもの棚が並び、その奥の椅子に座ったまま、主人と思われる小柄《こがら》な老人が返事をした。

「どうぞ、こっちへ入って下さい」

主人、天田《あまた》兵吾《ひょうご》は手招きしながら立ち上がり、お茶を出す用意を始めた。

「失礼します…」

純一は店の奥の兵吾が座っていた椅子の横にあった木製の小さなテーブルへと歩を進めた。

「どうぞ座って下さい。今、お茶を入れますから。…あっ外は暑かったから冷たい方がいいかな?」

「あっ、いえ、私はどちらでも…」

「そうかい。…あぁそうだ、この間のうちの女房のお通夜《つや》に、わざわざ課長さんが来て頂いて悪かったね。忙しかったろうに」

「えっ、あぁ奥さんがお亡くなりになったって伺いましたが…」

「あぁ、六十年近く連れ添った女房だったんだけどね…」

兵吾は小さな背中を純一に向けたまま話したが、何故か純一にはその背中が淋しそうに感じられた。

「もう三年程前から体調が良くなくって…、でも頑張って店も手伝ってくれてたんだけどねぇ…」

兵吾は駄菓子《だがし》の入った木の器とお茶を持って振り返り、それらをテーブルに置き、自分も向かいの椅子に座りながら話を続けた。

「まぁ息子達も一人前になって、孫も全部で四人、いやこの間五人目が次男の所で生まれたんだった」

「…そうですか」

「うん、今は息子達も別の仕事をしてるけど葬式の時には皆《みんな》集まってくれて賑《にぎ》やかに送ってやれたから、きっと婆さんも喜んでると思うよ」

「そうですか…、いただきます」

純一は相槌《あいづち》を打ちながら茶碗に手を伸ばした。

「この店も親父から引き継いでもうすぐ四十年だ…、婆さんも手伝ってくれたけど我ながらよくやったと思ってるよ。…昔はこの奥の倉庫がいっぱいになる位文房具を買ってね、三、四月はこの近辺《きんぺん》の小中学校、二十校位に納《おさ》めていたかなぁ…」

「へぇ、そうだったんですか。凄いですね」

口ではそう言いながらも純一は心の中で思っていた。

〝これは話が長くなりそうだ。今日はこの後《あと》まだ三件行かなくちゃいけないのに…〟

「そうそう、三光さんの所からの仕入れも前は今より一桁《ひとけた》多い位買ってたんだよ。…あの頃は忙しかったよ。配送専任で二人雇《やと》っていたしねぇ」

「へぇ、そうだったんですか…」

純一は最早《もはや》、心ここに有らずといった状態だった。

「あぁ、まだ担当を引き継いだばかりのあなたにこんな昔の話をしても自慢話みたいだったかな…」

「い、いえっそんな事はありませんよ。古くからお世話になっているお店だって上司《うえ》から伺ってます」

純一は自分の気持ちを見透《す》かされた思いがして、慌《あわ》てて否定した。

「そうですか…。でも今はあっちこっちの百円ショップで文房具も安く売ってるし、少し足を延ばせば大きな専門店もあるし、何よりパソコンで直《じか》に買う人も多くなってきたから我々のような店は、もう必要とされないのかねぇ…」

「いやそんな事はないでしょう。そういう所と天田さんのお店とは違うと思いますよ。やっぱり学校の近くにこういうお店が――」

「でも、ここ数年程の売り上げは酷《ひど》いものだよ。学校の生徒もちっとも寄ってくれないしね。…それで、三光さんにも長い間お世話になったんだけど、もう店を閉めようと思ってるんですよ」

「えっ、お店を閉《や》められるんですか⁉」

純一は驚いて兵吾を見返した。

「うん、婆さんも亡くなって、跡を継いでくれる者も居無いし、ボチボチ潮時《しおどき》かなと思ってね…」

「…そ、そんな…」

純一は露骨に不快な表情になった。

〝納品先が減って、売り上げが落ちるときっと上司に叱られる…〟

純一の頭にその思いが湧いてきた。

兵吾は純一の顔を見つめ、静かに口を開いた。

「あなたも我店《うち》の担当になって何年にもならないのに迷惑をかけて申し訳無いとは思うけど…」

「だったらもう少し頑張って下さいよ。閉めるのはいつでもいいじゃないですか」

純一は最早《もはや》、懇願《こんがん》する口調になっていた。

「うん…、いや、でもこういう事には時期という物があるんですよ」

〝この人の決意は固く、もう変える事は出来無いのか！〟

そう思うと純一の気持ちは、少しずつ怒りへと変わっていった。そしてその思いは表情にも現れ、純一はさっさとこの店を出て行こうかとまで思い始めた。

「いやいや、気を悪くさせて本当に申し訳無いとは思うけど、これはもう決めた事なんだよ。…いや本当の事を言うともう三十年程前に一度、店を閉めようと思った事があったんだけどね…」

「三十年も前に？　それじゃあ、どうしてその時は思い留《とど》まったんですか？」

純一は怪訝《けげん》そうな顔を兵吾に向けた。

兵吾は小さな溜め息をつくと立ち上がった。

「…本当は私と婆さんだけの秘密なんだけど特別にあなただけに見せてあげよう」

そう言うと兵吾は奥の壁側の棚の上にあった小さな整理箱の引き出しを開け、中にあった物を手に取り純一の前に戻った。そしてテーブルの上にそれを置いた。

純一が目の前に置かれた物を見ると、それは古びた一通の茶封筒《ちゃぶうとう》だった。純一はそれを手に取り不思議そうな顔で兵吾を見ると、兵吾は椅子に座り、遠い目をしてポツポツと話を始めた。

「…そう、あの頃からかなぁ、確か…。売り上げが徐々に減り始めて…、その上、その頃から万引《まんびき》が増え始めてねぇ…。我店《うち》でも多い時は月に一万円以上やられた事もあったかなぁ」

「そうですか…、確かに万引に悩んでいるお店は今も多いと聞いてますが…」

「それで、当時警察にも相談して、近くの学校へ抗議に行こうか、防犯カメラを取り付けようかなんて考えていたんだよ」

純一は黙って頷《うなず》いた。

「揚《あ》げ句《く》の果てに店頭での販売を止《や》めて卸売だけにしようか、それともいっそ店を閉めてしまおうかと思ってね。とに角、あの頃は売り上げが下がる上に、金を払わずに商品を持って行かれる事に毎日苛々《いらいら》していてね。店に入って来るお客さん、特に学生達が皆《みな》泥棒に見えたよ…。疑心暗鬼《ぎしんあんき》だったんだなぁ…」

「…そうだったんですか…、それで…？」

「あの頃は婆さんに当たったりもしてたなぁ、今思うと本当に悪い事をしたもんだ…。でも婆さんは怒るでもなく、毎日子供達の世話や家事を文句ひとつ言わずにやっていた。

それである時、婆さんに言われたんじゃ、

『あなたが継《つ》いだあなたのお店なんですから、あなたの好きにして下さい。私は付いていくだけです』ってな。それで私は思ったんだ、〝思い切ってこの店を閉めて、別の新しい仕事をやろう！〟ってな。今思うと、私もまだ若かったのかなぁ…」

そこまで言うと兵吾は目を伏《ふ》せて小さな溜め息をひとつついた。

「…それで、どうして…？」

「うん、それを決めてすぐ後だった…。近くの小学校から授業の一環《いっかん》として学校の近くの店舗《てんぽ》を子供達に見学させたいんで、ここに寄らせて欲しいっていう依頼があったんだ。

私は渋々《しぶしぶ》だったけど承知して、ここに確か二年生だったと思うけど子供達が三十人位来てね…」

「あぁ今だと『生活』っていう授業ですね」

「そういうのかな…。でもその子供達は純粋でとても可愛《かわい》らしくてね。その子供達を見てたら、何となく気持ちが揺《ゆ》らいできて…、そんな時にその手紙が届いたんだよ」

兵吾は純一が持っていた茶封筒を指さした。

「…これがですか?」

「そう。読んでごらん」

純一が封筒から中の物を取り出すと一枚の便箋《びんせん》とともに今ではほとんど見られない伊藤博文《いとうひろふみ》の千円札が一枚出て来た。純一は少々驚いたが、その便箋を開いてみるとそこにはお世辞《せじ》にも上手《うま》いとはいえない文字で文章が綴《つづ》られていた。

『天田文具店　様

僕は同じ町内に住んでいる者ですが、中学生の時、何度かお店でシャープペンやノートを万引してしまいました。今は大学生になりましたが、お店で物を取ってしまった事がずっと気になっていました。お金は僕がアルバイトで稼《かせ》いだものです。足りないかも知れませんが、払わせていただきます。

本当に申し訳ありませんでした。』

封筒の裏を見ると差し出し人の名前は書かれていなかったが、読み終えた純一は何とも複雑な気持ちになってきた。

「…その手紙を読んで、婆さんとも相談してね、もう少し続けようって事にしたんだよ」

「そうだったんですか…。あっ‼」

その時、純一はある事を思い出し、思わず声を出してしまった。

「うん、どうかしたのかい?」

「えっ、いや…、なんでもありません」

純一が思い出したのは、かつて自分自身も万引をした経験があったという事だった。

〝そうだ。俺も中学生の頃、学校の帰りに近くの駄菓子屋で悪友達《あくゆう》といっしょに何度か万引をした事があった。あの時は軽い気持ちでやってしまったが、やった事には変わりはない。幸《さいわ》い、学校にも店にも親にも知られる事無く、その後時《とき》が経《た》って忘れてしまっていたけど、俺も、俺自身も犯罪を犯していた事に変わりはないんだ…〟

純一の胸には急に罪の意識が芽生《めば》え、それがどんどん大きくなり寒気さえ感じた。

「どうかしたのかい？　何だか顔色が悪いよ」

「い、いえ何でもありません。大丈夫です」

兵吾はしばらく不思議そうな顔で純一を見つめていたが、やがて『何か』を悟ったような表情になった。

「…それで婆さんとも話したんだよ。まだまだこんなに純粋な気持ちの若い人達が居るんだから、もう少し頑張ろうってね。どちらかが居無くなるまで頑張ろうってね…。それからは、どういう訳か店での万引が減ってきて、今日まで店を続けてきたんだけどね…」

ひと仕切り話を終えると兵吾は二、三度小さく頷《うなず》いたが、純一は目を伏せたまま兵吾の顔を見る事が出来なかった。

〟俺は、俺は…、お店の人の苦労や気遣いなんか考えもせず、罪を犯して、そのまま知らばっくれていた…。しかも、この手紙を出した人の様に謝罪もせず自分勝手にノウノウと生きてきたのか…。俺は何て罪深い人間だったんだ…！〟

純一は、今更《いまさら》ながら深い後悔の念に囚《とら》われた。

「本当に大丈夫かい？　どこか具合が悪いんじゃないのかい？」

気遣う兵吾に頭を起こして見返す純一の顔は今にも泣き出しそうだった。

「いえ、本当に大丈夫です。…先程は天田さんの御都合《ごつごう》も知らず、失礼な事を言ってしまって申し訳ありませんでした。私の方が反省しなければならない事を思い出しました」

「…そ、そうかい。あなたが何を思い出したか知らないけど、その手紙を読んで気持ちを動かされたんだったら、それでいいよ」

兵吾の声は優しかった。

純一は返す言葉を失っていた。

兵吾はしばらく純一の様子を伺っていたが、静かに語り始めた。

「…まぁ、人生長くやっていて、毎日同じだなぁって思ってても、やっぱり昨日と今日は違うし、今日と明日は違うもんだよ。良くないと思ったら直せばいいんだよ。焦《あせ》る必要は無いし、ゆっくり誠実《せいじつ》に生きていけばそれでいいんだと思うよ。…あぁいけないなぁ、どうも年を取ると話が説教臭くなってしまうなぁ」

兵吾は照れ臭そうな笑顔を見せた。

「いいえ、そんな事はありません。僕は今日ここで天田さんと話をさせて貰って本当に良かったと思っています。有難うございました」

純一は立ち上がると兵吾に向かって深々と頭を下げ、続けた。

「お店の事は私から会社へ報告しておきますが、当社《うち》から納入させて頂いた商品で返品される物が有る様でしたら遠慮《えんりょ》無く申しつけて下さい。あと、何かお手伝いさせて頂く事がある様でしたら、御連絡下さい。私に出来る事でしたら―」

「ハハハッ、いいよ、いいよ。三光さんから入れて貰った商品は残り少ないし、手伝って貰う程の事も無いよ。ひとりでボツボツやらせて貰うから。…こちらこそ、長い間取引してもらって感謝してるよ」

「そ、そうですか…」

「それより、あなたはまだ渋川方面《こっち》へは時々廻《まわ》りに来るんでしょう？　それなら近くへ来た時に、また寄って下さいよ。お茶と茶菓子位は用意しておくから」

「有り難うございます。…長い間お取引をして頂いて本当に有り難うございました」

純一は、今一度兵吾に頭を下げると店を出て行った。純一が車に乗りこもうとすると兵吾が店先まで出て来て、笑顔で左手を振っていた。純一は軽く会釈《えしゃく》をし、車を発車させた。

動き出した車の中には中島みゆきの音楽が流れていたが、その歌詞のひとつひとつが純一の胸に突き刺さる思いだった。

そして、ハンドルを握る純一の顔付きは店に入る時とはまるで別人の様だった。

その日から純一の中で何かが変わった。

終

歯笛《はぶえ》　～なるようになるよ

七月も中旬を過ぎた暑い盛り、ひとり新宿からJR高崎線に乗り込んだ平田秀《ひらたひで》は、汗をかきながらもその怒りを抑《おさ》える事が出来ないでいた。

〝こんな馬鹿な！　こんな話ってあるものか！　ここ数ヶ月間俺は今回の企画の為に懸命にやってきたんだ。それが、それが『社長《うえ》からの指示《しじ》』の一言で総て無《なし》になってしまうのか⁉　こんな理不尽《りふじん》な話ってあるものか！〟

秀は二時間程前の得意先《クライアント》、常光食品《じょうこうしょくひん》の広告部部長山下《やました》との会話を思い出していた。

〝今回の企画が受注されていたら、約一千万の数値になり、会社《うち》の差益だって単純計算してもその十パーセント以上になった筈だ…。

俺に何か落度《おちど》があったのか？　いや、そんな筈は無い！　先方の山下部長とも何度も話し合った。予算だって問題は無いって言っていた。個人的にも山下部長始め、広告部の人達とも上手《うま》くやっていた筈だ。

『社長の指示』?? どうして九割方《がた》決まっていた今回の企画が断られる事になったんだ⁉ 常光食品の会社内で何か問題が発生したのか？ それとも急に予算の工面《くめん》がつかなくなったのか？ …まさか倒産…、いやそんな筈は無い。あの会社は今、伸びているって聞いている。今回の新商品も評判は良いっていわれてる。…それなのに、どうしてこんな事に…？〟

秀はいくら考えても出てこない答えに悩みながら、吊《つ》り革《かわ》を持つ左手の握力を強めていた。

電車が大宮駅に着き、多くの乗客が降り、目の前の座席が空いたので秀がそこに腰を下ろした時、内ポケットに入れていたスマートフォンが震動し小さな着信音が鳴った。秀が手に取って見ると営業部の上司、課長の高橋《たかはし》からのメールだった。

今回の契約がダメになった旨《むね》を電車に乗る前に秀が高橋宛てにメールを送信しておいたのだが、その返信だった。

『常光食品さんの件、大変残念だったね。詳細は明日説明して貰いたいので、今日は直帰《ちょっき》して下さい。　　　　高橋　』

短かい文章ではあったが、秀は胸を締《し》めつけられる思いだった。

〝あぁやっぱり高橋課長も怒ってるんだ。当然の事だ。今回の企画は営業部全員で取り組んで、それなりの経費も時間も使わせて貰っていた。皆《みな》でアイデアを出し合って、会議も何度も繰《く》り返した、それなのに…〟

秀はスマホを握り締めたまま頭を垂《た》れてしまった。

〝そうだ、由子《ゆうこ》にも合わせる顔が無いなぁ〟

秀は今朝《けさ》、家を出る時の妻、由子との会話を思い出した。

『今回の企画、無事契約が取れたら、大きな売り上げを上げられるぞ。そうすればきっと役職も上がる筈だ』

『そうすれば給料も増えるの？』

『勿論だよ。臨時《りんじ》の賞与だって貰えるかも知れないぞ』

『ええ本当!?　そしたら新しい服、買ってくれる？』

『あぁ勿論。いいよ！』

〝あぁ余計な事を言ってしまった…。契約がダメになった事を話したら、きっと由子もがっかりするだろうな…。でもまさか、こんな事になるとは思ってもいなかった。俺も自信があったんだ。それが…、まさに『取らぬ狸《たぬき》の皮算用《かわざんよう》』って奴か…、フフッ〟

秀はその顔に自虐《じぎゃく》的な笑《えみ》を浮かべていた。

ＪＲ高崎線は埼玉県内を北上するに従《したが》って乗客が減ってゆき、車両内に立っている人もまばらになってきた。しかし、そんな事は秀にとってはどうでもいい事であり、目に入りさえもしなかった。

その時秀が考えていた事は、気を落としてしまうだろう妻、由子にどう対処しようかという事と先程のメールにあった、明日課長の高橋にどう申し開きをしようかという二つだけだった。

〝由子には土産《みやげ》替わりにお菓子でも買って帰ろうか…、あっしまった。折角《せっかく》東京まで行ったんだから、あっちで買ってくれば良かった。…でもそれ所《どころ》じゃなかったしなぁ。

高橋課長にも何かお土産…、いやそんな事よりも明日どう説明すればいいんだ!?

先方から言われた通り『社長からの指示』の一言で納得して貰えるとは思えないし…、でもそう言うしか無い。今回の件で、俺の対応や我社側《こちら》には何の落ち度も無かった筈だ！　でも何と言われるだろう…？〟

今の秀の頭の中は、同じ事ばかりが堂々巡《どうどうめぐ》りをしている様で何の解決策も見付ける事が出来ず、秀は胃の痛みさえ感じてきた。そして電車が高崎に近付くにつれ焦燥感《しょうそう》も膨《ふく》れ上がってきた。

電車内には立っている乗客は僅《わず》かでドアの脇に立つ乗客が数人という状態だったが、いつの間にか近隣の高校からの下校中と思われる白いブラウスの制服姿の女子高生達も乗り込んで来ており、そこここで楽し気におしゃべりをしていた。

秀の座っていた座席にも三人程隣に赤ん坊を胸に抱いた女性が腰かけていた。秀はその姿を横目でチラリと見たが、何を思う訳でもなく相変わらず答えの出ない悩みに頭を抱《かか》えていた。

と、何がきっかけだったのか、女性が抱いていた赤ん坊がぐずり始め『アー、アー』という少し大きめの声をあげ始めた。女性は何とか赤ん坊の機嫌を損ねないようにと揺《ゆす》ったり、あやしたりして泣かさないようにと気を配っていた。

しかし、それは無駄な努力だった。お腹が減ったのか、オムツが汚れたのかその原因は分からなかったが、赤ん坊は突然大きな声で泣き始め、その声は車内中に響き渡り、乗客の目はその親子へと集中する事になってしまった。

女性は慌《あわ》て狼唄《ろうばい》しながらも持っていたハンカチを赤ん坊の口にあて、何とか泣き声を押さえようとしながらも、周囲に向かって小声で「すみません、すみません」と頭を下げていた。

同じ車両の乗り合わせた乗客達も皆、その気持ちを十分に汲《く》み取っていたようで、親子の姿を見る乗客達の表情も『うるさいな。静かにしろ！』というものではなく、『気の毒にな。でも自分は何もしてあげられないしなぁ』という同情的なものに思われた。

しばらく赤ん坊の泣き声だけが車両内に響き、若い母親もどうしたものかと本人まで も泣き出しそうな顔になっていたが、我慢《がまん》出来ずに立ち上がって二人に近付いたのは秀の向かいに座っていた制服姿の女子高生二人の内のひとりだった。

「ほらほらっ、ベロベロバー」

赤ん坊に顔を近付けて、手を振ったりおかしな顔をしたりして赤ん坊をあやし始めた。つられる様にもうひとりの女子高生も自分の財布につけていた鈴を取り出し、赤ん坊の顔の前で振って、その音で気を引こうとし始めた。礼を言う母親の胸に抱かれたままの赤ん坊は二人の行動に一瞬キョトンとした顔で泣き止《や》んだが、数秒と経《た》たずまた大きな声で泣き始めた。

彼女達の母性本能なのか、何とか赤ん坊を泣き止ませようと二人はしばらく赤ん坊をあやし続けたが、赤ん坊は一向に泣き止む気配はなかった。

「…だめだ。やっぱり私達じゃだめね」

「うん、そうね…」

そう言って二人は前に座っていた座席に戻り、母親は何度も頭を下げていた。

この光景の一部始終《いちぶしじゅう》をすぐ横で見ていた秀は、不思議な気持ちになったが、やはりすぐ近くでの赤ん坊の泣き声は耳に障《さわ》った。

〝赤ん坊は泣くのが仕事か…、でも母親の胸に抱かれていやな事があれば大きな声で泣けば、周囲《まわり》が気を使ってあやしてくれる。むしろ羨《うら》やましいな…。でも今、本当に大声で泣きたいのは俺の方だ〟

そんな事を考えながら秀が軽い溜め息をついた時、秀の耳に極小《ごく》さかったが何か遠くで鳴っている笛の様な音がかすかに聞こえてきた。

〝うん、何だ。空耳《そらみみ》か…？〟

秀はそう思ったが、確かに聞こえた。

〝何かのマーチみたいだな…〟

周囲の乗客達、さっき赤ん坊をあやそうとしていた女子高生達もその音に気付いた様で、周囲を見回したり、首を傾《かし》げたりしてその音の出所《でどころ》を探していた。

秀も音の出所を探していると、いつの間にか赤ん坊を抱く母親の前にひとりの男性が立っており、音はその男性の方から聞こえている様だった。

その男性は、白い野球帽をかぶり、麻で出来ているかの様な薄い灰色のジャケット、それにジーンズ、白のスニーカーをはいており顔はよく見えなかったが、秀にはその男性がわざと若い格好《かっこう》をしている様に見えた。

〝この人は何者なんだ…？〟

そう思ってその男性を見ていたのは、秀だけでなく音の出所に気付いた乗客達も同様だった。

その男性は何か楽器を吹いている様な高い音で、それでも聞こえるかどうか、いや少し離れてしまうと聞き取れないのではないかと思われる程の音量で音楽を奏《かな》でていた。

〝あっこの音楽は…、そうだ。『アンパンマンのテーマ曲』だ〟

秀が気付いたのと同様に、他の乗客達も顎《あご》でリズムを取ったり、また聞こえない位の音で鼻歌《はなうた》を歌っている者も居た。

曲の音が少し大きくなってきた。そして、見ると泣いていた筈の赤ん坊はいつの間にか泣き止み、まだ涙に濡れている両目をパチパチしながら不思議そうな顔で男性の顔を見上げていた。また、その子を胸に抱く母親も目の前の男性に驚いたような顔を向けていた。

赤ん坊は泣き止んだ。

〝うん？　曲が変わった。…これは、宮崎アニメの『となりのトトロ』の曲だ。懐《なつ》かしいな…〟

秀はそう思って聞いていた。しばらくその車両内は、他に話をする者もおらず静かな中に男性が奏でる笛のような音だけが響き渡るという何とも不思議な雰囲気に包まれていた。

十数分後、電車は倉賀野《くらがの》駅に着き、赤ん坊を抱いていた女性が立ち上がった。

「本当にありがとうございました。お陰でこの子も泣き止んで皆さんに迷惑をかけずにすみました」

「いえいえ、大した事はしてませんから…」

女性は何度も頭を下げ、御礼を言って他の客といっしょに電車を降りて行き、替わってその男性がその座席へと腰をかけた。

その瞬間、男がふと振り向き、その様子を見ていた秀と目が合った。

「えっ、何か…？」

「えっいいえ、何でも無いです…。でもお上手《じょうず》ですね。泣いていた赤ちゃんが泣き止みましたね」

「あぁあれね。たまたまですよ。赤ちゃんは高い音に敏感《びんかん》だって聞いた事があったんでね…」

男性は照れ臭そうな笑顔を見せた。

「あれは口笛《くちぶえ》ですか?」

「いえ、口笛じゃなくて歯笛《はぶえ》です」

「…ハブエ…?」

「そう、こうやってね—」

男性は秀に口許を見せるように向き直ると口から小さな音を出してみせた。

「へぇ、難しそうですね」

「そんな事はないですよ。練習すれば誰だって出来ますよ」

「そうなんですか…」

何故《なぜ》か、秀はその男性と初対面の気がしなかった。何年も付き合いのある頼《たよ》り甲斐《がい》のある先輩と話している様な気持ちになった。

やがて電車は終点の高崎駅に到着し、車内アナウンスとともに乗客達は席を立ち、電車を降り始めた。秀も他の乗客達に混じって流されるようにホームから階段を上り、改札口へと歩を進めたが、秀の胸の内にまた会社の事が思い出され足取りが重く感じられた。

〝このまま家に帰って、今日の事を話したら期待を持たせていた由子を落担《らくたん》させてしまう…。いや、それ以上に明日、会社で何と申し開きをすればいいんだ…〟

秀は暗い気持ちのまま改札口を出て西口の出口へ向かって進んだが、ふと前を見ると見覚《みおぼ》えのある灰色のジャケットが目に入った。

〝あっ、さっきの電車の中で歯笛を吹いていた人だ！〟

とっさにそう思った秀は、その男性に並びかけ、顔を覗《のぞ》き込んだ。

「あっ、あの…」

「はい。えっ？　あっあなたはさっきの――」

「ええ、さっき電車でお会いした者ですけど、今少しお時間頂《いただ》けませんか？」

「えっ、今からですか？」

男性は足を止めて、秀の顔を見返した。

秀自身、この時の自分の行動の意味がよく分からなかった。どうしてついさっき会って少し話をしただけの男を呼び止めて話をしようとしたのか。ただ単に早く家に帰りたくなかっただけなのか。それとも今の自分の中にある悩みの何らかの解決策をその人に求めようとしたのか。それとも誰でもいいから愚痴《ぐち》を聞いて欲《ほ》しかっただけだったのか。

「…私は別に急いでませんからかまいませんけど…、どうかされたんですか？」

「いや、…その何というか…、ちょっとあなたと話がしたいなと思いまして…」

「そうですか…、でもここじゃ何ですね…」

男性は周囲を行きかう人々を見回しながら答えた。

「それじゃあ喫茶店へでも…」

「う～ん、いやまだ明るいですし、そんな所じゃなくてもいいでしょう」

そう言うと男性は人の多い駅の西口の出口へ向かって歩き出した。

「どこへ行くんですか？」

秀は後を追いながら声をかけた。

「外の方が涼しそうだし、人が少ない所の方がいいでしょう」

そう言いながら、男性は足早に西口を出て歩道橋を渡り、目の前にそびえ立つ市役所の舎屋《しゃおく》に向かって歩き出し、秀は黙ってその男性の後を追った。

男性が足を止めたのは市役所のすぐ前にある公園だった。そして男性はその公園の角にあった高い樹のすぐ横にあったベンチへと歩き始めた。

「うん、ここがいいでしょう。…どっこいしょ」

男性はひとりベンチに腰をかけた。

「えっ…、どうしてこんな所に…?」

秀が不可思議《ふかしぎ》な顔を見せると男性は笑顔で答えた。

「うん、あなたの話っていうのは、多分悩み事で他の人に聞かれたくない事でしょう?それなら狭《せま》い室内よりも、こういう開けた場所で近くに他人《ひと》が居無い方がいいし、こういう場所の方が気が晴れると思ったからですよ」

秀は自分の気持ちが見透かされたようで、ドキリとした。

「それに、ここは今ちょうど市役所の日陰になって涼しいし…、ほらっ夕方の風が気持ちいいじゃないですか。それに私はタバコを吸いたいんで外の方が有り難いし、何よりここなら只《ただ》だし、ハハハ…」

それを聞いて、秀は亜気《あっけ》に取られる思いだった。

「さぁそっちに座って下さい。私で良ければお付き合いさせて頂《いただ》きますよ」

「は、はい、ありがとうございます。…あっその前に――」

秀は内ポケットから名刺入れを取り出し、自分の名刺を男性に手渡した。

「あぁ、これはご丁寧《ていねい》に」

男は目を細めて渡された名刺に目を移した。

「…平田秀《ひらたひで》さん…、あぁ広告代理店の未来《みく》アートの方ですか」

「えっ、我社《うち》を御存知なんですか？」

「確か、県内で広く仕事をされてますよね」

「ええ、…でもどうして…？」

「いや実は私、数年前まで東京のアド・デンという会社に務めてましたんで…」

「えっ、あの大手広告代理店のアド・デンにですか⁉　それで、どうして辞められたんですか？」

男性はチラリと秀を見ると口許に小さな笑《えみ》を浮かべた。

「…ええ、まぁ、社内で色々ありましてね。だから早期退社して、地元の群馬へ戻って来て、今はＮＧＯとか商店会のイベントなんかに協力させて貰ってるんですよ。…えっと、名刺はまだあったかな…」

男性はジーンズの尻のポケットから財布を取り出し、中を探《さぐ》り始めた。

「あぁあった。少し曲がってるけど…、私はこういう者です」

『アドバイザー・ディレクター　熊《くま》本《もと》一《かず》人《と》』

手渡された名刺にはそれだけが書かれており、住所や連絡先等は書かれていなかった。

「アドバイザー…、ディレクター…？」

「ハハッ、まぁ私の肩書なんか何でもいいじゃありませんか。それよりここに座って、あなたの話を聞かせて下さいよ」

「ハ、ハイ…」

秀はすすめられるまま熊本の横に腰をかけると今回の企画が契約に至らなかった事を話し始めた。営業部をあげて数ヶ月間事にあたってきた事、先方とのコミュニケーションにも十分気を配ってきた事、それが今日になって『社長の指示』の一言で総てがダメになってしまった事を。

しかし、秀は話しながら内心《ないしん》少し期待を持っていた。

〝大手の同業の会社に居た人で、アドバイザーなんて肩書きの人だ。きっと何か解決の手掛かりになる様な素晴らしい返答が貰えるのではないか〟と

熊本はというと、腕組みをしていたかと思うと、内ポケットからタバコを取り出し左手に携帯用の灰皿を持ち旨《うま》そうにタバコを吸いながら黙って秀の話を聞いていた。

「…そういう訳なんですよ。非道《ひど》いと思いませんか？　こんな話って無いでしょう」

ひと仕切《しき》り話を終えた秀は熊本の顔を覗き込んだが、熊本はしばらく黙っていた。

「…それで、あなたはどうしたいんですか？　私にどんな答えを求めてるんですか？」

「えっ、どんな答えって…、だから私はどうすればいいのか、明日どう説明すればばい

いのか…」

「上司が説明しろって言うんでしょう?」

「そうですよ」

「だったら先方で言われた事をそのまま話すしか無いんじゃないですか」

「…でも、それで信じて貰えますかね?」

「それは私にも分かりませんよ。…まぁ成《な》る様《よう》にしかならないんじゃないですかね」

「…成る様にしかならない…」

その一言は、秀にとっては期待外れの返答であり、同時に気が抜ける思いだった。

「う~ん、まぁあの業界ではそういう事は珍らしくはないですよ。私も前の会社に三十年程勤めましたけど、そういう事例は四、五回、いやもっとあったかなぁ…」

「えっ、そうなんですか?」

「うん。まぁ広告っていうのはほぼ百パーセント、得意先《クライアント》の意向ですからね…。私も数百万円の契約が寸前でダメになった事もありましたよ」

「ええ、でも…今回の事で私が責任を取らされるって事は有りませんかね?」

「…それは､この企画の中であなたがどういう立場だったのか私には分からないんで、何とも言えませんけど…、何かあるかなぁ…」

「えっ、まさか解雇《かいこ》とか…?」

「いやそれは無いでしょう。あなたは会社の為に懸命に仕事をしてたんでしょう。それなら、それは無いですよ」

「どうしてそう言えるんですか?」

熊本は二本目のタバコを吸い始め、その煙を吐き出しながら答えた。

「あなたは、今の会社に務めて何年になりますか?」

「えっ、えっと…五年目ですけど、それが何か…?」

「その五年間に、会社はあなたに期待をして多くの投資《とうし》をしているんですよ」

「…投資…?」

「そう。それはあなたに早く一人前になって貰って会社の役に立ってもらう為のね」

「はぁ、そういうものですか…」

「だから、そんなに簡単に解雇なんかしませんよ。そんな事をしたら会社は大損じゃないですか」

「でも、リストラとか…」

「それも誤解されてる様だけど、リストラっていうのは本来《ほんらい》『再建《さいけん》』の意味ですよ。単に人員を解雇するのとは違いますよ。解雇される人っていうのは会社に対して背任《はいにん》行為をした人がなるんであって、今回の件であなたはそんな事してないでしょう？だったら、そんな心配は無用ですよ」

「そんなものですか…？」

秀は何とも附《ふ》に落ちない思いだった。

「う〜ん、悪いけど私には今のあなたが、さっき電車の中で泣いていた赤ん坊と同じに見えますね」

「えっ、それはどういう事ですか⁉」

秀は不快な顔付きになって熊本を見返した。

「だってそうでしょう。自分の思い通りにならない事、嫌な事がある。だから誰か何とかしてくれ、自分の気持ちを理解してくれって言ってるだけでしょう」

「そんな。そんな事は——！」

「まぁ自分に反省するべき事があったと思うなら素直に頭を下げて、後は成り行きに任せるしかないでしょうね」

そう言うと熊本は吸っていたタバコを携帯用灰皿で揉み消し立ち上がった。

「でもまぁ、多分大丈夫。そんなに心配する事は無いと思いますよ。上司の人も含めて周囲《まわり》の人っていうのは、見てない様でちゃんとあなたの事を見てるものですから」

「そうですかね…」

「そりゃそうですよ。だってそれが管理職の仕事なんですから。それが出来なけりゃ管理職失格ですよ。…だから普段の人付《ひとづ》き合いも大切なんですよ」

秀は返す言葉に詰まってしまった。

「それじゃ、私はこれで失礼しますね。まぁあなたも余り気にし過《す》ぎない方がいいですよ」

そう言うと熊本は秀に背を向けて歩き出した。

秀はしばらくひとりベンチに座ったままで考え込んでいたが、周囲《あたり》が段々と暗くなってきたので家に帰る事にした。

妻をがっかりさせるのではないかという思いを持ったまま秀は帰宅したが、その思いとは違い妻、由子の態度はあっさりしたものだった。

「そうなんだ、残念だったね。でもいいじゃん、またもっと大きな仕事が取れればさ。それよりも、私はあなたが元気で頑張っていてくれればそれでいいわ」

それが由子の答えだったが、秀はその言葉に救《すく》われた思いがして少し気持ちが軽くなった。

しかし、その夜秀はよく眠れなかった。


翌日、秀は早めに出勤し、上司の高橋の出勤を待った。

〝昨日熊本さんに言われた様に、もうこうなれば『まな板の上の鯉《こい》』だ〟

秀はそんな心持ちでいた。

程無くして高橋がオフィスに入って来ると秀は高橋の机の前に歩み寄り、高橋に向かって頭を下げた。

「課長、申し訳ありませんでした。常光食品さんの件、断られてしまいました」

いきなり声を掛けられた高橋は驚いたが、机の上に自分の鞄を置くと椅子に腰を下ろして秀に向き直った。

「う〜ん、その件なんだけど…、平田君としては本当に断られた理由っていうのが思い当たらないのかい？」

「はい。先日、伺《うかが》う前に連絡した時も先方の山下部長も上機嫌《じょうきげん》だったんですが…」

「ふ〜ん、そうすると先方で何かトラブルでもあったのかなぁ…？」

「トラブル…？」

「いや、私も全《まった》く見当《けんとう》が付かないんだよ。私もあの企画については大いに責任がある立場だから、昨日何度も企画書を見直したんだが…」

高橋は腕を組んで首を傾《かし》げた。

「…ただ、常光食品の社長は我社《うち》の金田《かねだ》部長の友達なんだよね…。今回の件もその伝《つて》から始まってる訳だから、金田部長が何て言うか、それが心配なんだよね…」

「えっ、そうだったんですか⁉　金田部長の―」

「うん、そうなんだよ…」

高橋は、そのまま黙り込んでしまった。

金田部長、それは会社の創業時から居た者で、営業ひと筋の『叩《たた》き上げの苦労人』と呼べる男で社内でも社長の信頼が最も厚い男として知られていた。

〝あの部長の怒りをかってしまったら、俺は…〟

そう思うと秀は背筋《せすじ》が寒くなった。

とその時、オフィスのドアが開きひとりの大柄な男が入って来た。

「お〜い、高橋君居るかい？」

「あっ金田部長、お早ようございます」

高橋は慌《あわ》てて立ち上がり頭を下げた。

「常光食品さんとの件なんだけど――」

そう言いながら金田は大股で二人に近付いて来たが、秀はその金田の姿を見る事も出来ず直立したまま固まってしまった。

「はっ、その件に関しまして、たった今この担当していた平田君と話していた所なんですが――」

「あぁそうかい。いやぁ悪かったね。昨晩《ゆうべ》、あそこの社長の木下《きのした》から電話があって、あいつ謝《あやま》ってたよ」

「えっ!?」

「あぁ、何でもあいつ我社《うち》に頼む筈だったんだけど、あいつの娘が広告代理店に居て『今回はどうしても仕事を廻《まわ》してくれ』って泣きつかれたらしいんだ。それで今回は仕方無く娘の会社に頼む事にしたらしいんだ。

あっ君が平田君だったね。あいつも言ってたよ、『何度も来て貰って申し訳無かった』って。でも先方の広告部の人達も君の事を気に入ってたみたいだから、次回は是非君にお願いしたいって言ってたらしいよ」

金田は大きな手で秀の肩を叩きながら続けた。

「うん、まぁそういう訳だから本当に悪かったね。次回は是非とも頑張ってくれ!」

それだけ言うと、金田は二人に背を向け、さっさとオフィスを出て行った。

高橋と秀は、しばらく亡然としたまま立ちつくしていた。

「…まぁ、平田君、そういう事らしいね…」

「…そ、その様ですね…」

「でも、かえって良かったじゃないか。君は部長にも先方にも信頼を得たって事だよ！」

高橋はそう言って秀の肩に手を置いたが、その瞬間秀はその場にへたり込んでしまった。

「おいおい大丈夫かい？」

「えっえぇ、大丈夫です…」

秀は高橋の手を借りて立ち上がった。

「あぁ…、一時はどうなる事かと思って…、腰が抜けるかと思いました」

「ハハハッ、まぁそういう事だ。気を取り直して頑張ってくれ」

そう言って高橋は白い歯を見せた。

「はい、分かりました。ありがとうございます」

秀は高橋に頭を下げると自分の席に着き、ひとつ大きな安堵《あんど》の溜め息をついた。

そして、独《ひと》り言《ごと》を呟いた。

「ハハハッ、熊本さん、仰《おっしゃ》っていた通り何とかなりましたよ…」

終

登場人物からのひと言（後日談）

「あの下山さんから貰ったチョコレートの事が妻にばれてしまって、やきもちを焼かれてしまいました。でもやきもちを焼かれるくらいの方がいいのあなぁ。ハハハ…」

相田　要平（チョコレート）

「今時《いまどき》、あんなに純粋な気持ちを持った人が居る事に改めて驚きました。でも振り込め詐欺には十分に注意して下さい」

竹内　一郎（寸借詐欺）

「お陰様で翌年、第一志望の大学へ進学する事が出来ました。将来は福祉関係の仕事をしたいと思ってます。あの子達に感謝しています」

木村　明（靴飛ばし）

「あれ以来、他人《ひと》の気持ちや立場を考えられる様になり、お客さんと話をするのが楽しくなり、営業の仕事が面白《おもしろ》いと思えるようになりました」

野中　純一（万引）

「後で聞いたら金田部長も熊本さんを御存知だったと分かり、驚きました。今でも熊本さんには色々と相談にのって貰ってます」

平田　秀（歯笛）

これらの作品はフィクションです。実在の人物・団体・会社などにはいっさい関係はありません。

あとがき

群馬県に来て三十年近くになりますが、群馬《ここ》は良い温泉もあり「ぐんまちゃん」や「お富《とみ》ちゃん」も居て、何より情に厚い人が多いです。

ちょっとでなく、とてもいい所だと思います。

弓岡　宗治

著者プロフィール

弓岡　宗治（ゆみおか　そうじ）

1963（昭和38）年、滋賀県出身。

東海大学附属相模高等学校、卒業

中央大学　商学部、卒業

群馬県、在住。

ちょっといい話'S in 群馬

2020年9月1日　初版発行

著　者　弓岡　宗治

発　行　上毛新聞社出版部

〒371-8666　前橋市古市町1-50-21

TEL 027-254-9966　FAX 027-254-9965

ISBN978-4-86352-265-7